WAC BUNKO

都会の幸福

綾子

WAC

はじめに

私は昭和六年九月、東京の葛飾区に生まれた。もっと厳密に言えば、昔の人、それも生粋《きっすい》の「江戸っ子」に「墨田川の向こうなんて東京じゃない」という土地の生まれである。戸籍でも、当時そこは南葛飾郡であった。

私は自分の魂のどこか先っぽの方に、錨《いかり》のようなものがついており、その錨が、葛飾の泥土に深く打ち込まれているのを感じる。私の生まれた頃の葛飾は、まだ賑わっている土地ではなかった。母の言葉によれば、私たちの住んでいたところは「一尺（約三十センチ）掘れば水が出る」場所だったという。しかし私の心はどこかではっきりとそこに所属していて、しかもそのことを喜んでいる。

私は、満四歳の時に、今住んでいる大田区に移り住んだ。子供としての記憶は主にそこから始まる。大田区も当時は大森区と言った。大正十年頃から電鉄会社が、畑を造成して売り出したという新興の住宅地で、私の父母のように、麴町、麻布のような高級住宅地はもちろん、牛込、本郷のようなアッパー・ミドルのための土地さえ買えなかった人たちのためのものであった。

私の育った家は、すべてが日本風で、ただ一間だけ西洋風の応接間のついたものだった。食堂などというものはなく、居間の八畳の卓袱台《ちゃぶだい》でご飯を食べたが、同時にそれは父と母の寝室でもあった。外との境は冬でも障子だけだった。二メートルに近い深い土《ど》庇《びさし》がついていたので、凄まじい吹き降りの時でもなければ、障子に雨がかかるということはなかったが、夜になって雨戸を閉める時以外は冬でも障子一枚で外界と接しているのだから、暖房を完全にすることなどとても考えられない。しかし私が辛かったのは、こういう防音の不可能な家で、父が母を大きな声で叱ったり、二人がいさかいのような状態になって声を張り上げることだった。私は隣家にこの声が聞こえることを恐れて、自分のことでもないのに、いつも身を竦《すく》めていた。

私の部屋は子供部屋と呼ばれて、七畳ほどの和室に六畳のサンルームがついたものだった。そういうところだけしゃれたつもりだったのだろうし、父母が一人娘の私に甘かったこともわかる。

私は五歳の時に、当時は知る人もあまり多くなかった私立の、修道院付属の幼稚園に入れられた。結婚生活が不幸だった母は、私に宗教的な教育を受けさせたいと望んだのだという。

最初の受け持ちはイギリス人の修道女であった。私はつまり五歳の時から英語教育を受け、キリスト教的な発想の中で育てられた。単に東京で教育を受けたというだけのことだったら、私は決して今のような性格にはならなかったであろう。私の中に、人間関係の他にもっと大切な神との関係がある、という実感はすべてのことに大きく影響している。ユダヤ人も旧約の時代から、誰もが外からは窺《うかが》い知ることのできない神との密かな関係を何よりも重視した。本当の個人主義は、神の存在なくしてはその概念を完成しえないものだということが、今の私にはよくわかる。そこから私の都会的個人主義も、単に習俗の問題を超えて、深い根を持てたのである。

それ以来、私はさまざまな成り行きから、同じ土地に住んでいる。葛飾に建っていた古家を移築したという大田区の家は、昭和四十年頃に建て替え、今は夫の好みで和室のない家になっている（しかし外見も内装も和風でカーテンというものが一枚もない道場みたいな家なので、外国人はおもしろがってくれる）。

私は東京で育ち、東京で戦争を体験し、東京で学び、東京で結婚し、東京で子育てをし、東京のマスコミの中で揉まれた。東京を憧れの土地として見ることもなかったが、東京の中で深く呼吸して、悲しみと幸福を二つながら充分に味わった。私は肌の深部で東京を知っているように思う。

最近こそいささか空気が変わったが、東京のみならず、その周辺の土地については誰もあまり語らない。それは、後に触れることになると思うが、東京というところは、恥じらいが深く、郷土愛などというものを持つことを照れる土地だからなのである。東京に住む以上、野暮《やぼ》であってはならず、むしろ、粋であることを好む、という空気がある。もちろんそれに似た気風は、ほかの土地にもあるであろう。しかし東京の粋は、先天的に深く沈黙している。例えば京都の洗練、金沢の優雅、大阪の洒脱《しやだつ》、と東京の粋とは、やはり明らかに肌合が違っているのである。

このエッセイで、私は「都会の幸福」を、箍《たが》をはずして謳《うた》うつもりだが、学者たちはまず、都会とは何かを定義せよ、と言うであろう。「人がたくさん住み、商工業が盛んで、文化的設備が多くある土地」などという定義も充分でない。「たくさん住む」というたくさんは何万からなのか。

昔、誰かが「私は人口百万以下の土地には住みたくない」と書いているのを読んだことがある。とすると、名古屋、横浜、福岡も立派な都会である。

そこで私は、自分の知らない土地を論じる無謀と危険を避けるために、この際「都会とは東京のことを指す」と極めて私小説的に限定した方がよさそうに思う。私はニューヨークにはほんの数日滞在したことがあるだけだし、パリも通りかかったことがあるだけだから、抽象的な都会を論じることは不可能なのである。

多くの人が東京を捨てるが、反対に多くの人が東京に来ると、もう決して故郷へは帰らない。それほどに東京は一部の人にとっては、住みいい土地なのである。

多くの地方人は自分の故郷がいいと言う。東京に出張があって数日仕事をして故郷に帰って来ると、しみじみほっとする、と東京人の私に言う。

東京人は決してこういうことを地方人に言わない。そして地方がいいという話をされると「そうでしょうね。東京は空気も悪いし、うまいものもないですからね」と相槌《あいづち》をうつ。

これは、もしかすると、東京人の「悪意」ではないか、と私は思うようになった。言ってもわかりっこないのだから、そう思い込んでいる人には、そう思わせておくのがいい、という判断なのだとしか思えない。

しかし東京という所は複雑な要素と巨大なエネルギーを持った土地なのである。ついさっき私は東京を知っていると思うと書いたが、東京という土地は私のそういう思い上がりを、反対も唱えずに嘲笑的に裏切るようなところがある。

私は幸運にも、いい時代の、いい土地に生きた。実生活では、暗いことも辛いこともあったが、上等の人々と、上質のものに、実にたくさん巡り合ってその邂逅《かいこう》を深く感謝した。これを幸福と言わなくて何であろう。

これからここで書こうとすることは、私の手放しの都会礼讃であるが、それは同時に、私ではない誰かによって書かれるはずの「地方礼讃」の記と、楽しく共存可能なはずであることを言っておきたい。

曽野綾子

都会の幸福◉目次

装幀／神長文夫＋松岡昌代

勇者にも卑怯者にも優しく

高層建築や高速道路が都会の空にくっきりと浮かんでいる姿を見る時に、私はいつも反射的に生の胎動を感じる。

私の昭和史の中で、今でもはっきりと覚えているのは、一九六四年オリンピックの年に、東京に初めて高速道路ができた時のことである。アメリカ人から見たら、それはとうていハイウェイとは呼べない構造であったろうし、長さもほんの数キロという短いものであった。

私はその道を都心に向かって自分の車を走らせていた。私の背後には、茜色の夕映えがまだ残っており、私の前方には、都会の灯が光り始めていた。何という生き生きした輝きだろう、と私は思った。自然と人工の灯がお互いに少しも侵し合うことなく伯仲《はくちゅう》しているみごとな時刻であった。しかもその道は生まれたての赤ん坊のように初々しかった。道というものが、多かれ少なかれ過去の重苦しい歴史を引きずっているのに対して、この人間が作り出した新しい道には、一切の前歴がない。それは何という爽やかさ、軽やかさであろう。地球を針の先でつっ突いたものよりさらに小さい規模であろうが、私は人間がかつてなかった空間を作った時代に立ち会えたことに感動した。

これが都会であった。過去になかったものを、遠慮会釈なく存分に作り出して行く。それが都会に許された使命、というものであった。

§

美の観念には明らかに、二つのものがある。自然の美と、人工の美である。この二つのものを、同時に、同じ土俵の上に並べて論じることはできない。

都会の美は人工の美の極限をめざす。都会の一隅に、たとえ自然風の木立があろうとも、それはデザインをもとに植えられた木立なのだから。そこにある自然は、すべて計算された自然である。そして現代の人々は、計算され管理された自然が実は好きなのだし、それを声高に要求している。

ほんとうの自然は、人間にとって生きにくいところである。その境遇から逃れるために人々は長い年代に亙《わた》って犠牲になるか闘うかしてきた。

もし完全に自然を放置したら、自動車道路ができるわけはなく、雪崩はところ構わず発生し、野生動物や虫は我々の生命や生活を脅かし、我々は暑さ寒さに曝《さら》されて生きなければならない。もしそういう凄まじい自然を放置すれば、人々はそれを政治の貧困として非難するであろう。

しかし人間によって充分に管理され、創造された都市は、人間のあらゆる生活の様式の上に、人間の賢さと意志を表わそうとする。これは、まことに知的で魅力的な操作である。

しかしもちろん都会人も、原始や自然の持つ限りない魅力を知っている。だから彼らは、時間を見つけては原始と自然に会いに行く。

私自身、二十三日間かけてサハラ砂漠をアルジェリアから象牙海岸まで縦断したことがある。それ以来、月光に洗われながら砂漠に眠ることが病み付きになった。しかしこれとても、私の帰属する本拠地・原籍が都会にあるという現実の上に成り立っている。

人間の長い文化の歴史を見れば、大多数の人々が、都会化の方向を目指して進んで来たことを否むことはできないであろう。私たちは暑くも寒くもない生活環境、欲しいだけ使える電気や水道やガスなどの供給設備、渋滞のない通信網その他において、自然との間に隔壁《かくへき》を作って暮らすための設備を整えようとして長い年月努力してきた。都会はその誇るべき成果である。

ほんとうの厳しい容赦ない自然にたたきこまれたことのあるものは、決して自然に甘くはなれない。自然は人を実際に殺すだけでなく、まず、思考を妨げる。自然は理不尽に人の望みを砕き、運命を狂わせる。

それゆえ、よく機能した都会というものは、私たちの祖先・先輩たちが努力して作り上げてきた成果を示す最も神聖な場所として、私は深い尊敬を持ってそこに佇むのである。都会は自然破壊の結果としての場所どころか、総ての人間の知性が高度に結集された場所である。ここには、人工の美が凝縮している。人工の醜もこびりついている。それは地方に自然の美と自然の酷が集まっているのと対をなしている。

§

都会を語るには、まず魂の問題を優先すべきだろうか。

私の尊敬している友人の上坂冬子さんは、東京に生まれ地方で育ったが、彼女が或る時私に、東京の地価の高いのは当然だと思う、と語ったことがある。なぜなら東京の地価には「魂の自由代が含まれているから」というのが彼女の意見であった。

これは、都会を語る上での、最高の名言である。もっとも東京人は「一平方メートル数百万円もする土地で、何を売ったって合わないでしょう」と笑っている。一人が寝るに必要な畳一畳が数百万円、トイレが占める畳半畳が数十万円という土地はざらで、これでは寝ることもトイレをすることもはばかられます、と笑う。それでもなお、東京に集まる一つの理由が「魂の自由代」とすれば、それはむしろ凄絶な選択ということになる。

確かにここでは、地域の人々が、一人の人間の生き方の上に、常日頃、連続して圧力をかけるというようなことがない。誰もそんな暇もないし、ここでは生活は一人一人違うことが原則なのである。

もちろん、どこの世界にもおせっかいやき、とでもいうべき人はいる。しかし、都会ではその影響は極めて薄弱になる。道徳性の名を借りて、他人の非難をするという性向も多少残っているが、それで裁くことができないことを都会の住人は体で知っている。

つまり法律に触れないような道徳性の範囲は、完全に個人の管理下にあるという合意ができているし、そういう要素で争ってみても勝目がないことがわかっているのである。第一あたりを見回すと、これほど多種多様の価値観が混在しているのだから、そのどれか一つを取って、伝家の宝刀のように振り回すこともできないことがわかる。しかも、圧力をかけられた相手は容易に逃げ出すこともできるのが都会というものである。

だから、都会において、個人を確保することはそれほどむずかしいことではない。たとえば、或る家の奥さんがいつも夜遅く帰ってくることを注意する隣人がもしいたとすれば、彼は夜遊び妻の夫から、

「他人のうちのことはほっておいてくれませんかね。うちはこれでいいんだから、あんたから何も注意される事はないね」

と言われるのがおちである。そして事実、他人に迷惑をかけない範囲内でなら、行動の一切は――何時に帰ろうが、誰と付き合おうが、何時に風呂に入ろうが、どんな服を着ようが、何に金を使おうが、どんな掃除の仕方をしようが――個々の家庭内の自由裁量に任され、それが家庭内で承認を得なくなった時だけ、初めて外部の者が係わる問題となって来る。

よく言われることは、日本の村が農耕民族のモラルでしか成り立たないのに対し、都会はその制約を受けていない、ということである。ことに稲作を基本とする農村では、田に一斉に水が入る日までには、勝手に田植えをする、というわけにもいかない。それゆえ総ての行動は、村の人々と同じに行うことを、いつの間にか習慣づけられた。しかし、都会では、一切の行動の選択は個人で行われ、その決定の理由の責任は当人にあり、その結果も総て当人が一人で引き受けるのが普通である。

この形態は、人間が本来、運命を個人で決定するに際しての、自由と責任との相関関係を、もっとも自然に体現したものである。

都会は自由な大海である。広大な砂漠である。一人で気儘《きまま》に旅をすることも可能なら、こっそりとどこかへ逃げ出したり隠れたりすることもできる。勇者にも卑怯者にも都合がいい。そして彼または彼女が開発した新しい世界で、その人に才能と徳がありさえすれば、どこでもいつからでも新しい友を見つけることも可能なのである。

個人を温かく埋没させる

他人の生活に深く立ち入らない、というのは、都会の最も愛すべき「慎ましさ」だと言った人がいる。

よく、ご挨拶に伺う、というようなことが、礼儀として言われることがあるが、それは都会の考え方ではないどころか、しばしば失礼に当る時さえある。訪問は細心に時と立場を選ばなければならない行為である。他人はそれほど簡単に訪ねるものではない。「お訪ね」できることは、特権であり、親しさの自信がなければできることではないし、それを許されるということは、非常な厚意を相手から受けたと考えられる。

電話でさえも、この頃は「ご遠慮」するという空気がある。相手にとって最も適切な時間を見計らってかけるということもまず不可能に近いから、相手は必ず電話によって仕事か食事か休息を中断されるからである。

それを完全に補うのがファクシミリの発達であった。これは、密かに自分の用向きを、正確に、こまかなニュアンスまで伝えておいて、しかも相手のスケジュールをいささかなりとも妨げない、という点で、本来はまことに慎ましい機械である。ワープロもそうだが、すべてよくできた通信機械というものは、まことに人間的であり、しかも慎ましさを含んでいるのはおもしろい。そしてそのような機械の需要を産み出したのは、都会というものの機能の要求でもあったのである。

私は平凡なサラリーマンの家庭に生まれて、常識というものの範囲からほとんど逸脱しない生活に馴れて育った。二十三歳の時に小説が商業雑誌に載るようになってから、私は初めてマスコミの世界を知った。何もかもが新しい経験であった。その一つが、仕事の相手に電話をかける時間や、相手が訪ねて来る時間を決めることであった。

初め、私は「朝九時頃はいかがでしょう」などと言ったのである。官庁も会社も普通は九時出勤だから、こちらが電話をするにしても、相手に私の自宅へ来てもらうにしても、それでいいだろう、と単純に考えたのであった。

それまで私がどんなドジや非常識をしても淡々と見ているだけで、注意もしなければ恥じ入る風情も見せなかった夫が、その時初めて、

「人と会ったり電話をかけたりするのは、相手の事情がよくわからない限り、午後からにしたほうがいいよ」

と言ったのである。夫はイタリア文学者兼編集者の父親の元で育ったので、文壇とかマスコミとかいう奇怪な世界を、子供の頃からよくよく知って育ったのである。そしてそれから、私の体験する限り、大手の出版社、新聞社の或る種の部署などでは、昼過ぎでなければほとんどの社員や記者は出社せず、その代わり夜九時、十時まで残っているのも珍しくない、というところが多かったのである。こういう職場で働く人たちの生理的バイオリズムのようなものは、日が暮れてネオンが輝きだす頃でないと完全に作動しないように見える。

しかしこんな状況は一般に知られていないと考えるのが普通であろう。少し前になるが、朝九時半に電話をかけて来た人をどなりつけたというテレビ制作会社の若い人の話を聞いた。その人が前夜遅く、もしかすると明け方近くに寝たばかりで、朝九時半に叩き起こされるのはたまらないことだったとしても、マスコミ外の人である相手をどなるということはやはり非常識である。九時半という時間は、世間の人々の九〇パーセントはまともに働いている時間なのだから。

しかし都会にはこれほどに極端に変わったテンポで生活している人がいるということも事実だし、マスコミの中で長い間生活して来たにもかかわらず、私が終生、農村の人のような早寝・早起き型を直さずに済んだのも事実なのである。都会というところはよく言えば寛大、悪く言えば勝手にしろ、といういい加減な生き方がすぐ通用するところであろう。

いい話を聞いた。

東京の下町、浅草の人の話だそうだが、下町の礼儀の中に、道で知人に会っても知らん顔する、蕎麦屋の暖簾《のれん》をくぐる時知り合いの顔が中に見えたらその店に入るのを止める、というのがあるのだそうだ。それは、道を歩いたり、蕎麦屋に入ったりするのは、それぞれ移動と食事という目的のためであって、社交をするつもりではないのだから、自分が突然割り込むことで相手の平静を乱すようなことはしたくない、という慎みなのだそうである。

通りがかりに人の家の縁側に座りこんでお茶を飲んで行くという生活にも、いい面はあるが、どちらかというと私は冒し冒されずという生活の方が基本的には礼儀に叶っているように思うのである。

都会にいると、まことに稀薄な要素しか持たないものが三つある。それは県人会とプロ野球と選挙である。

§

私の息子は、十八歳の時に親元を離れて、名古屋の私立大学に入った。彼は高校時代から、スポーツ好きで、陸上競技をやっていたし、プロレスなどを見るのも好きであった。しかしプロ野球にはほとんど関心がなかった。しかし名古屋に行ってしばらくすると突如として巨人ファンになっていた。

急に巨人に好きな選手ができたわけではない。ただ彼が名古屋にいた間に、中日が優勝したことがあって、優勝決定戦の時など町中が皆テレビに齧《かじ》りついているので、大通りはクーデターが起きたのではないかと思うほど森閑《しんかん》としてしまった。その「町をあげて」の姿勢がいやで、彼は心ならずも、巨人ファンになることにしたというのである。

それから十年以上が経って、彼は結婚し、妻子を連れて阪神間に移り住んだ。五歳になる孫に私が、

「プロ野球はどこのファンなの？」

と聞くと、彼はチラと父親の顔色を窺いながら、

「シロシマ」

という。この子は「広島」がうまく発音できないのである。

「どうして広島なの？」

と聞くと、彼の母親がそれを解説してくれた。つまりこの五歳の子は、父親に「阪神なんか応援したら承知しないゾ」と大人げなく脅され、幼稚園ではもし父親の言う通り「好きなのは巨人」などと言おうものなら、そこでもまた右を見ても左を見ても阪神ファンの中で孤立せざるをえない。そこで彼は五歳の知恵を絞って、どちらにも影響のない「広島」ファンになることにしたというのである。

私は、幼にしてこういう苦労をすることはなかなかいいものだ、と同情の色もなく見ているが、都会では普通、皆が一致して同郷の人やグループを贔屓《ひいき》にするなどということは考えられない。どうしてかというと、都会は郷里ではなく、人間の住む土地、現に私が住んでいる土地であるが、それ以上の忠誠心を私に要求しはしないのである。私にしたところで、今の東京都内に生まれたのだが、自分の出生の地を見ても、私の中の文

化の一つの類型がその土地に発しているということは感じるが、特に懐かしいとは思わない。都会は騒音で喧しいと言う人がいるが、私の感覚では都会は比較的常に沈黙がちで、そのお喋りで住む人の心に割り込むという無礼はしないのである。

ただ都会には寂寥《せきりょう》はあるかもしれない。それは都会にうまく適合しない人が感じるものなのだが、それとても、それは個人を守るための当然の代価である。

都会では、どんなに選挙が迫ろうが、私たちがそれを望まなければ、個人は完全に選挙と無関係でいられる。頼まれることもほとんどなく、全く話題にさえならずじまいのことが多い。ましてや町が二分して、どちらかの候補者に肩入れし、反対の立場で働く人を悪く思うなどという状況は起こったことがない。

町をあげて、村をあげて、ということは、悪ではない、と言う人もいるが、私は悪であると思っている。

それは二つの理由で困るのである。

一つはそのことによってその人の立場が単純にグループ分けされることである。私たちは誰でも不透明な心理状態にいて、時に応じて揺れ動く。それが単純に所属を決められるということは、それだけでその人の個性を無視していることになる。

もう一つの理由はこれよりもう少し大切なものである。それは、反対意見が健全に育っていない社会というのは、危険を孕《はら》んでいるということである。もちろん或る候補を推すか推さないか、とか、巨人が好きか嫌いか、などということは、大した問題ではないし、現に対立候補が立っているではないか、ということはある。しかし「地域を挙げて」という行為が濃厚であることが普通だとする神経は、自信と勇気の欠如した、基本的に弱い個性をいつのまにか育てる温床を作ることに繋がるのである。

§

都会には、当然のことだが、人間がたくさんいる。その大勢の人間たちが、個人の尊厳を押しつぶす、ということはよく言われるところである。確かに、ラッシュ・アワーの電車の中や、大きな交叉点《こうさてん》の中で、個人の重さを感じるのはむずかしい。人間は夏の日の蚊のようであり、地上を這い廻る蟻のようである。

都会、と呼べる集団居住地域が、どれだけの規模からそう呼んでいいものか、学者でもない、私にはわからない。世界中で百万以上の人口を持つ都市は、例えば北京、上海、ボンベイ、デリー、カルカッタ、ジャカルタ、ソウル、ニューヨーク、メキシコ、サン・パウロ、リオ・デ・ジャネイロ、ロンドン、モスクワ、カイロなどである。しかし百万あれば、すなわち都会と言えるか、と考えると、そう簡単に答えをだすこともできないようである。

私が文句なく今日都会と呼べるのは、三百万以上の人口を持つ都市からのような気がする。いや、ほんとうの都会の機能を具《そな》えるのは、五百万からだ、という説もある。五百万あると、文化の複雑な選択がかなり可能になるから、と言うのである。

群衆の中に個性が埋没することは、通常望ましからざることだということになっている。しかし私は決してそう思わない。「快楽」の哲学者といわれ、単純に快楽主義者＝エピキュリアンとして知られがちなエピクロスは、「幸福であるためには、隠れて生きよう」ということを提唱した。しかし一人で自然の中に隠遁《いんとん》するのではなく、「人生最大の喜び」と断じた良き友人たちとの穏やかで静かな、禁欲的な生活を理想としたのであった。

このエピクロスの選択には、私も心を惹かれるのだが、それが可能である場所というのは、現在では、田園ではなく、むしろ都会である。なぜなら「隠れて生きること」は今日、都会でしか完全にはなし得ないからである。その証拠に、犯罪者が隠れるところは、普通都会である（数人の例外は原始生活を山中で営むことによって逮捕を免れたが、それは完全に人との交渉を断ってロビンソン・クルーソーのように暮らしたからであって、決して村の単位の中で暮らそうとはしなかったのである）。

なぜ、個性が埋没するほどの人込みがいいか、という理由は幾つもあるが、最もはっきりしたものは、そういう形で、自分は常に人に知られていない小さな存在だと認識し続けることなのである。

エピクロスと違って普通の人間は、矛盾に満ちた動物だから、群衆の中で目立ちたいという欲望と、密かに自由を満喫したいという思いとが共存する。総理大臣になるということは大きな名誉なのだろうが、一度総理大臣になった人には、やめた後でも警察の警護がついているのを見ると、私などぞっとするのである。そして都会の雑踏は、隠れていたいという人間の欲望の隠れミノの役を果してくれる。

都会ではありがたいことに、人間はなかなか偉くなれない。有名にもなれない。顔も覚えられない。いわゆる「有名人」でも、職種の違う人、その分野に興味のない人は、名前さえ聞いたことがない、ということがよくある。例えば、私の名前など、文学に関係のある人なら、聞いたこともあるかもしれないが、野球選手だったら「その人どういう人ですか？」と言われるだけである。私はこれでも三十年以上も小説を書いているのだが、私がテレビに出たり、写真を撮られることを控えさえすれば、私の顔を知っている人などごく少数である。

もっともこういう態度は一面では望ましくないらしく、最近或る地方に講演に行ったら、

「どうも当節は、テレビに出るような有名な人でないと集まりが悪いという傾向があるので、今夜の入りはどうなりますか」

と心配をかけてしまった。

しかしもし、私が地方に住んだら、いささか事情は変わって来るだろう。地方では、人間は皆或る意味で有名人である。小さな村では知られていない人はない。その人だけではなく、皆がその人の祖先から親類縁者のはてまで知っていてくれる。

地方では少しでも専門職を持った人なら、すぐ名士にさせられてしまいがちである。地方紙、地方局、婦人団体、文化組織が、その人を放ってはおかない。地方紙はすぐコメントを求め、講演会や座談会に引っぱり出し、賞の選考委員にする。

人間は、知られている、ということで満足を覚えるのも一面でほんとうだが、知られていない、ということで、輝くような自由の味も知るのである。

「ローマの休日」というオードリー・ヘップバーン主演の古い美しい映画があった。この映画のストーリーは、ローマという都会がもたらすまさにその機能の上に成り立っているものである。

某国の王女は、ローマ訪問の途中、一日を抜け出し、一人の新聞記者と、夢のような自由な休日を過す。相手はそれが王女だとは気がつかない。それも所詮は彼女が自分の所属する「地方」にいなかったからであった。やがてその新聞記者は、自分が一日だけ巡り会い好意を持った女性が王女であったことを知って愕然とするのだが、遠くから彼女を見送る記者と王女は、再び個人的な会話を交わすこともなくそのまま別れ、決してお互いの立場を越えないのである。それが、このストーリーに節度のある爽やかな悲しみと、毅然とした運命の受諾の姿を与えているのである。そしてこれは、まさに都会以外のどこでも起こりえない物語の要素を持っている。

個人を温かく埋没させる

都会は個人を温かく埋没させる。このことが、人間に、自分に過信することもなく、思い上がることもなく、常に健全な一人の個人の感覚を保たせるのである。

ものごとを軽く見る英知

都会生活が「隣は何をする人ぞ」という姿勢を守り過ぎるあまり、他人に冷淡になり過ぎ、その結果、隣の部屋で、老人や一人暮らしの人が死んでいても、時には数箇月も知らないでいる、という行き過ぎた個人主義が蔓延する、とよく言われる。しかしこういう場合でも、過度の同情は的はずれである。多くの孤独な死は、その人がみずから孤独を選んだ自由の結果である要素が多い。

私もまた、向こう三軒両隣の家族構成や、勤め先などほとんど知らない。しかし、そんなことはいざとなったら、たちどころに知ることができる。そして、都会の忙しい生活というものは、相手の「素性」がわからないことを不安に思う閑《ひま》もなくて済むのである。

いつか私は我が家のごく近くの方から、突然電話を受けたことがあった。その方の家と私の家とが、境界線のことで過去に接点を持ったことがあり、その婦人は私に確認の電話をかけて来られたのである。

初対面と言いたいところだが、電話だから、対面さえしているとは言いにくい。しかし私たちは、ゆっくりと話し合い、その方は私より少しは年長かもしれないのだが、今でも働いておられることがわかった。今、孫娘を引き取って暮らしているので、その子供に夕飯を食べさせるために時々急いで帰らなければならないこともある、という。

「あら、そういう時は、いつでもうちでご飯を食べなさい、とおっしゃってください。うちは、始終いろんな人が来て、気楽に質素なご飯食べておりますから」

と私は言った。全く性格の違いによるものだろうと思うが、私の母は人をよぶことをやや億劫がるところがあった。きちんとごちそうを出さなければいけない、と思うかららしいが、私はそうでないから、うちではいつも気楽に誰かがご飯を食べている。鮭の切り身が人数分だけない時は、三分の一くらいに小さく切って、大皿に知らん顔して出しておくようなことをするから、人をご飯に誘って具合の悪い日などない。

しかしその後、私もその方も全くまた会うチャンスもない。しかしそれでいいのである。もし、その方のお宅で、何か緊急の事態が起こって子供にご飯を食べさせられなくなったら、やはりその方は、私の家の存在を思いだしてくださるだろう、と思うからでである。

生活が忙しく複雑だということは、確かに一つの貧しさともなり得るが、やり方によっては贅沢《ぜいたく》とすることもできる。

そもそも忙しいということは、人間が複雑な生活をしているという証拠である。思索することさえも、その時間を取ろうと思えば、誰にも充分に可能なことなのである。忙しいことは悪いことだ、と言う人がいるが、私は必ずしもそうは思わない。忙しい分だけ、人生は濃密になっていることは間違いないのである。そしてその忙しさの種類と形態を、都会の生活は、隣人と無関係に、法律に触れず、しかもその人が自分の自由になるお金と時間を使う限りにおいては、いかようにも自由に設定できるのである。

モンテーニュも言うのである。

「もしわたしを満足させるものが何かあるとすれば、それは多様さを把握するということだ」

§

都会ではしばしば人間が、暴力を持った人に襲われて、誰も救け手がないままに命を落とすことがある、と言われているが、それはほんとうでもあり、嘘でもある。確かに地下鉄の中で、暴力団に絡まれた人を誰も助けなかったという事件があった。

私は隣家の家族構成も知らないままの土地に住んでいるが、十数年前に、強盗に入られたことがあった（数日後に、その強盗と電話で親しくなった時に彼が言ったことによると、その日の我が家は、戸締りがなっていなかったのだそうで、彼は詳しく防犯装置の設置の方法を私に教えてくれたりした）。

強盗が逃げる直前に、私は雨戸を開けて、それこそ一生に一度の大音声で「強盗です！警察に電話してください！」と叫んだのだが、後で知らされたところによると、午前四時半少し過ぎだったにもかかわらず、この叫び声によって四通の一一〇番が入り、それだけでなく、隣家のご主人は寒い時だったが表へ出て、「大丈夫ですか？」とどなり返してくださった。都会の仕人が全く他人のことには構わないというのは伝説なのである。そしてこういう場合にも、都会の機能はまことによくできていて、凶器を持った相手に対して、素人である一般市民が立ち向かう必要は全くなく、誰もそのような無謀を期待してもいない。都会における「隣家の愛情」というものは、相手が期待していること――

この場合なら、安全な家の中から、ただ警察に一一〇番の通報をすること——だけを、できるだけ効果的に速やかに可能にするということに集中されている。

聖書的表現になるが、都会は都会流の、「何ごとでも、人から自分にしてもらいたいと望むことを、人にもしてあげなさい」(「マタイによる福音書」6・12) という黄金律が、立派に生きる土地なのである。

§

私がどこへいつ何をしに行こうと、都会では普通誰にも知られることはない。

勿論、都会にも、おせっかいやきがいて、知人に会うと決まってにっこり笑って、「奥さま、どちらへ?」と訊く、という話はよくある。そんな時、美容院へと言えば「あの人浮気してんじゃないの?」と言いふらし、病院へと答えれば風邪薬を取りに行くのでも「あの人どっか悪いらしいわよ。癌じゃないかしら」と噂され、無難なつもりで「銀行に」と返事をすればば「いやらしいわね。あの奥さん、お金のあるところを見せつけてるのよ」ということになり、デパートへと言えば「どうせ、バーゲンあさりでしょうよ」とけなす、という話はよく聞くが、私の周囲の直接体験としては、まだない。

それでは、そういう時何と答えたら、一番無難なの？　と聞いたら、「郵便局へ」と言うのだそうだ。

都会の妻が、大胆な不倫を働いていることは、事実の面もあるらしい。関西の奥さんたちは東北の温泉を、東京の妻たちは関西の温泉を不倫の場所として選ぶのだという。しばしば自分より若い浮気の相手を連れて、その勇敢さは驚くべきものだ、と私の友達が話してくれたことがある。

私も何度か、男の人とホテルの食堂で朝飯を食べたことがある。地方ならまだしも、東京に住んでいる私が、なぜホテルで男と朝飯を食べねばならないか、というと、理由はさまざまである。

原稿が忙しくなってホテルにいわゆる「缶詰」と称して泊まっていたこともあるし、夜行列車で上野に着いて、そのまま都内で仕事があるので、ホテルで朝飯を食べて時間をつぶしたこともある。夜行列車の時は、一緒に講演をし、同じ列車で帰って来た作家が一緒だった。「一緒に食べよう」と言われたので「いいですね」と楽しい朝飯になったのである。

「缶詰」の時は、係の編集者がその日の仕事初めに「お見舞いと称する、実は見回り」に現れて、彼はコーヒー、私は朝食ということはよくある。

地方でこういうところを見られたら、大変であろう。昼食や夕飯ならともかく、朝飯を男とホテルで食べるとは何事か、ということになる。

ほんとうに隠しごとをしなければならないような何かがあるなら、何も、人目につく食堂で二人揃って朝飯など食べることはないのだから、これはむしろ何もないことの証拠なのだが、それがそうはいかない社会もあるようである。

都会では、男と女が付き合うことがかなり自由である。もっとも、嫉妬深い夫と、魅力的な妻とのコンビでは、たとえ、小学校の同級生であろうと、妻がよその男と食事をするのを許さないという家庭もある。

私の家では、昔からそういう点が全く自由だった。食事だけではない。私は一対一ではないが男の人たちと旅行にも行くし、二人だけで食事をすることもある。

ただそういうことをするには、或る種の都会的な礼儀作法が必要なのである。

女にもいろいろあるから、なかにはどんな男性とどこへでかけたって噂も立てられないという情ない女もいる。私などその典型で、たとえ男の人とラヴ・ホテルの入り口を入るところを見られたって、「あら、ソノアヤコよ。取材で来てるのかしらね」となるのが関の山だから、気にする方がコッケイというものだろう。

しかしそういう現実と、礼儀を守ることとはまた別のものであろう。

つまり異性と付き合うにはスマートさがなければならない。そしてスマートさの第一歩は、公正であること、秘密のないこと、相手の配偶者と親しく会話ができるようなおらかで軽やかな心理状態にあること、そしてできれば付き合いにユーモアがあることなどが必要になって来る。

その反対のもの、はどうも都会的なスマートさに欠けるということになっている。極めて都会的に見える美人の奥さんがいた。ご主人も社会的に立派な地位を持っている人だったし、娘も息子も順調にのびのびと育っていた。

それでもなお、その奥さんは家庭的に満たされていない人だったのかも知れない。とにかく、彼女は家庭のある男性としきりに連絡を取りたがった。そうしたければ、堂々と相手の家に電話をすればいいのに、そうしないのである。彼女は、共通の知人である別の女の人に、ビジネスを装って連絡を取らせたりしたが、それは相手の男性のやや鈍感な奥さんにではなく、勘のいい秘書にすぐ見破られて、それとなく追い払われてしまった。

この話が出た時、私の友達たちは異口同音に「いやあね、田舎《か》っぺ」と言ったのであ

る（私は伊奈かっぺい氏のファンだから、この表現には賛成できないが……）。

この際「田舎《か》っぺ」という言葉遣いについても解説をしておかなければいけないのだ

が、地方出身者だから、田舎《か》っぺというような言葉遣いを私たちはしないのである。な

ぜなら東京にも田舎《か》っぺと呼びたい垢ぬけない精神を持つ人はいくらでもいるし、地方

にも分《ぶん》を心得た爽やかなつき合い方はあるからだ。つまり、出身地がどこであるかは別

として、洗練されていないことを、こういう言い方で言うだけだから、深刻に受け取ら

ないで頂きたいと思う。

話を私の友人の会話に戻すと、

「その人の奥さん、どういう人なの？　まともに名乗って電話をかけても、絶対に取り

次いでくれないような人なんじゃない？」

と一人が言った。すると、

「そういう時には、諦めることね。小細工はキタナイ、キタナイ」

と別の一人が言った。

諦めるべきかどうかということになると、私はわからないけれど、相手の奥さんが電話をつないでくれないような電話のかけ方をすることじたい（悪いとは言えないが）確かに垢抜けないのである。堂々と自分の名前とどこでどういうふうにその人と知り合ったかを言い、世話になったことを感謝し、用事のほとんどをまず夫人に伝える、という態度を示せば、まず大ていの場合「今主人を出しますからお待ちください」と言うことになる。つまりこの人の場合、最初からそういう電話がかけられないほどのおかしな関係だったか、そういうきちんとした電話のかけ方をするだけの表現能力がなかったか、どちらかなのである。

離婚をした私の女友達に、私が「再婚しなさいよ」と言うといつも彼女は答える。

「冗談じゃないわよ。今、私、週に一人や二人は、どこかでご飯食べて、ざっくばらんに話をして、ホテルなんか行かずに気持よく別れて来る男友達がいるのよ。結婚なんかしてごらんなさい。今みたいにいろんな人と、楽しく会って、後は全く自由に自分の時間の使い方するなんてわけにいかないじゃないの。私はこういう自由を放棄したくはないわね」

ぶすぶすと深みに入るなんて野暮の骨頂。二人で人目につく昼日中、堂々と歩いて、知人に会えばすぐ紹介する。公明正大に、さらさらと気分よく付き合うことが都会的な粋《いき》というものだという感じはどこかにある。

つまり深刻なことさえも、軽やかに、というのが、都会的な出会いの基本だと、少なくとも都会人は思っているのである。アリストテレスも次のように言ったのである。

「ものごとを軽く見ることができるという点が、高邁《こうまい》な人の特徴であるように思われる」

決して都会人が皆徳の高い高邁な人である、というわけではない。ただものごとを重く、深刻に見るのが誠実の現れで、しかもその結果を重大なものとして騒ぎたてる、という気分はどちらかというと都会には稀薄だということなのである。

§

青雲の志を抱いて都会に出て来る青年は、どの人も多かれ少なかれ未来に対する夢を抱いている。たとえその夢が、都会に出てきた翌日に破れようとも、その時までは、何とかして都会で成功しようと考えるのである。

何度も言うように、ここで扱う問題には総て例外があって当然なのだが、ただ一般的な例としては、都会は、本質的に、夢が破れた状態から出発する土地である。或いは、最初から、夢などというものが幼稚に思えるような精神的風土を持っているのである。

都会にも失意はあり、そこから逃げ出したいと思っている人はいくらでもいるはずなのだが、都会で痛めつけられた人で、あるいはどうしても都会的な空気が好きになれなくて、地方に出て行くという人の数は、失意の結果、都会にやって来る人の数と比べるとあまり多くない。

その理由はさまざまである。もっとも多く考えられるのは、知人もいず、地盤もない地方で生計を立てるだけの力が、経済的にも精神的にもないという現実からであろう。しかし、もちろんそういう人もときたまおり、高原でペンションを経営したり、北海道で牧場を買ったりしている。

こういう力関係の成り立つ原因はいくつか考えられるが、その一つは、都会は、決して進歩的なところではないからである。都会が時の流れの先端に立っているように見えるのは、無機的な部分だけであって、都会で進歩的に見えるのは、実は都会に住む地方人だというおもしろいからくりがある。

羞恥心ということ

人間はほとんど変わらないものだ、という都会的考え方を、もう一度、私の場合で解明してみる。

東京一の大学を出たような秀才に多いのだが、学生時代かなり明瞭な左翼的な思想を持ち活発に活動していたのに、二、三十年経ってみると、全く反対の陣営にいるという人によく会う。

私はこういう人の一人に、「どうして路線がお変わりになったのですか?」と聞いたことがある。すると、この秀才はにこりと笑って、「僕は少しも変わっていないんですよ。ただ、向こうの方が百八十度変わったんですよ」とケムに巻かれてしまった。

私はこういう人たちを、親しみをこめて、「元アカ」と言う。私の周囲の頭のいい人たちは、八〇パーセントが元アカという感じである。ところが、私だけは、一瞬たりとも、そうなったことがない。

というのも、私は、国家の形態や社会制度で、人間の生き方はかなり違って来るとは思うが、人間の精神の基本的属性が根底から変わる、ということだけは信じたことがないからなのである。

右でも左でも、人間の欲望と堕落は、ほとんど同じ形態をとる。ソ連や中国の汚職、チリのアジェンデ社会主義政権の末期などを見たり聞いたりしていると、堕落の形態は社会主義でも資本主義と全く同じであることがわかっておもしろい。

しかしこういう現実に驚いたり、失望したりしたことがなかったのは、私がカトリックの思想に馴れていたからであり、一つには、私が都会に育ったからだと思う。

キリスト教の考え方で私が好きなのは、「裁きは神に任せなさい」ということである。これは、決して裁判の制度を軽く考えていいとか、この世で正義を確立することに不熱心でいいとかいうことではない。人間である限り、少しでも「上等な」存在になろう、とすることに少年のような憧れを持つことはもっともすばらしい情熱である。しかしそのことは、自動的に、人間は決して完全でもないし、またいかに制度や教育を変えても、完全になることなどあり得ない、ということを示しているし、事実その認識がなければ、少しでも「上等」になることさえできない。

例えばベトナム戦争の頃、北の「解放軍」なら人道的だろうとか、中国の人民公社なら人民のためなのだから皆が心を合わせて収益をあげるだろう、とかという考えに、私が一度もならなかったのは聖書のおかげとしか思えない。そしてマスコミその他が、無邪気にこういうかなり幼い理想論的思考を展開している時にも、私の周囲の「発言しない人たち」の中には、一度もそんなことを信じなかった人たちもたくさんいたのである。

私たちの存在が、そもそも悪の要素と善の要素とを共に持っている。だから、資本主義は悪くて社会主義はいい、とか、社長は悪人で労働者は善人だ、とかそういう単純な理論ではとうてい間に合わないのである。

理想主義的傾向は、どうしても地方の方が都会より強い。都会でこれだけ人間を見ていれば、夢は持たなくなる。都会では、価値の混乱に幼い時から馴らされるのだ。だから、こうやれば、確実に人間はよくなる、とか、社会は発展して問題はなくなる、などということを信じないのである。人間を動かす要素は途方もなく複雑である。

社会主義国家で、よく「私たちが今日幸せなのは、○○主席のおかげです」というような表現を聞くが、あれくらいはっきりと嘘なものはない。もし人間が人間らしく複雑でまともであれば、どれほど物質的に恵まれても、家庭的に幸福でも、社会的に安定していても、人生の目的が明確でも、なお深奥《しんおう》に不安や虚しさや寂しさを持ち得るものなのである。それが人間というものの複雑さであり、怜悧《れいり》さであり、強靭《きょうじん》さであり、偉大さであり、ふくよかさである。これがなかったら、もはやそれは人間ではない、と言うべきであろう。

これらのことが観念としてではなく、いかなる時でも実感として感じられるのが、都会の生活というものかもしれない。その意味で都会の暮らしは実は意外と健全なのである。

§

一般には、地方人のほうが保守的だと言われているが、都会人もまた、本質的には保守的なのである。

しかしこの両者の同じような心理の表現が、かなり違う面に働くのは、周囲の状況の違いによるのだと思う。

常識的に言うと、保守性ということは、習慣の遵守という形で現れることが多いのだが、都会そのものが、習慣を守ることに関していい環境ではない。と言うか、守るべき習慣自体も、個々の家庭にはあっても、地域としては最早確立していないところが多い。純粋の東京原人と呼ぶべき人はごく数が少なく、都会に住む多くの人は出稼ぎ人だから、守るべき東京地方色が定着するわけがないのである。

私の知る一地方では、法事用の漆器は赤である。五十年忌になると、黒になる。汎日本的常識で考えれば、お葬式の日に、焼場から帰って来たばかりの親戚や知人に、赤い器で精進料理なんて出せない、というのが、普通であろう。しかし習慣とは、理屈ではないのである。そして、その地方でも、そのような習慣（それには何か深いいわく因縁があるのかもしれないが私は知らない）に自信を持っているように見える。

しかし、都会人は、おおびらに自信を見せる場合など、非常に少ないのである。実際に主張するものがないからじゃないか、と言われればそうだとも言えるし、そんなことを頑張るのが都会的ではないからだ、とも言える。

いつか、亡くなった人のお棺の中には、何を入れたらいいのでしょう、という質問の投書が新聞に出ていた。仏教には仏教の、キリスト教にはキリスト教的な習慣に基づいたものを入れたいということらしいが、(私のような非常識人間は)都会的な感覚でそれを読むとびっくりする。死んだ人が好きだったもの、大切だったもの、を入れたければ入れればいいいし、焼場が副葬品を嫌がるようだったら、遠慮して何も入れなくてもいい。とにかく、死後の扱いまで、何も世間の常識に従って規格通りにする必要はないのである。

総じて都会人は現実主義者である。都会生活というのは、地方から都会へという一つの流れから見れば、一つの行き着く先なのであって、そこでさらに何かをしなければならない、という意気込みがないからだろう。都会を目標の終着点ということもできるが、行く先希望のないどん詰まりと見ることもできるのである(もちろん都会を脱出して、より濃厚な自然の中でこれから暮らそうとしている人はこの限りにない)。だからいい意味でも悪い意味でも、都会という場所は気負うということができにくいのである。

だから都市の感覚の一部には、急激で理想主義的な、社会改革、政治運動、意識改変、告発など、一連のあまりにもヒューマニスティックな行動に、迷うことなく突進するという勇気にはとてもついていけない、という気分がある。

これらのものが悪いというのでは決してない。しかし都会人には、人々を一律に改変させることは現実問題としてもできないと思っている人が多い。それは地方人が同じように思っているのとは少し違う。地方では、現状があまりにも強固な一枚岩だから変えることは不可能だ、と思うのである。しかし都会人は、一律に改変させるには、元になる現状が一律でなければならないのだが、都会では生活が一律ということがありえないから、急激で一律な改変は無理、と考えるのである。

つまり革命を礼讃する気分というのは、都会の感覚とどうも少し違うのである。だから都会で強力な政治運動の指導者になっているのは、多くの場合、地方出身者である。都会的センスで見れば、強力に何かを推し進める地方人のやり方は、いつもではないが、時々おとなげに欠け、野暮な感じがする。しかしそれだけの力で、お前がやってみろ、と言われると、自分にはとうていその力がないこともわかっているから、都会人は地方の力にシャッポを脱いでもいるのである。

もともと「山のあなたの空遠く、幸い住むと人のいう」というのが、青春の瑞々《みずみず》しい、しかしやや未熟な判断のもたらすものであり、「ふるさとは遠きにありて思うもの」というのが年をとって、世間が見えてきた人の感慨だが、都会人は帰るふるさとはないのだが、考えだけは老成型なのである。

§

都会に住む者が、なぜ羞恥心が強いか、ということもおもしろいことである。と言うと、そんなことはない。村の青年の方が羞恥心は強くて、人に会ってもまともに口もきけないことが多いじゃありませんか、という反論も返って来るであろう。この際、羞恥にも二種類があることを、明確にしておくべきだろう。口下手の例に上げられた地方の青年が、親しい友達とは朗らかに伸び伸びと語っているのに、突然見も知らない人と言葉を交わさなくてはならなくなって戸惑う際の羞恥は、もっぱら相手に向けられた情熱の結果である。つまり相手に自分が不快を与えやしないか、愚かでピントが狂っていると思われやしないか、という心配をするからである。

しかし人間に馴れた最も都会的な青年が必然的に持っている羞恥は、決して相手に向けられたものではなく、もっぱら自分に向けられたものである。

都会的な感情の一つのタイプは、ものごとが必要以上に拡大化される時に、不安を覚えるという特徴を持っている。

例えば、彼らは、知的である、ということにさえ、深い不安と羞恥心を持っていて、何とかしてそのことを隠そうとしたりする。知的なこと、だけではない。むずかしいこと、人道的なこと、重大なこと、正しいこと、高潔なこと、向上心を持つこと、権威に近づくこと、金を持つこと、この道一筋に頑張ること、その他もろもろの、当然世間からはよいことだと見なされているすべてのことにさえ、それがこうじると彼らは羞恥を覚える。つまり、羞恥という形で、彼らはその判断に懐疑の眼を向けるのである。

もちろん、都会人がいつなんどきでも知性を隠したがるわけではない。また地方にも、自分の羞恥心をわざと居直って上等の笑いの種にすることにたけたすばらしい知識人も多い。

よく、地方に「田舎者と思われたくないから、無理してまずいフランス料理を食べた」とか「ハイカラなつもりで、いつもこういう芸能人みたいな服を着ている」とか、なにもかも承知の上で言っている人がいる。こういう人は、地方人の立場を利用して、最高のダンディズムを示しているのである。

ところが、都会的な人物にはこういう鮮やかな表現はできないのである。彼、または彼女は、羞恥の結果、何が何だか、わからない行動を取る時さえある。真面目にとるべきことをふざけたり茶化したりするのはまだいい方で、重大な場面にはそれとなく居合わさないようにしたり、一蓮托生《いちれんたくしょう》をすることや団体行動を嫌ったり、早々と諦めたり、とにかくそのことと互角に構えることを避ける態度が多い。

それは一面では弱く、主張するものを持たないかのように見えるが、実はそれが、その人にとって一本筋の通った美学の表現なのである。その懐疑の姿勢が、成熟した人間の精神の馥郁《ふくいく》たる香りになる。そしてひたむきに一途に、誰が聞いても間違いないようなことを主張する勇猛果敢な人に出会うと、あたかもその意見に賛成しているような態度をとることが多いが、内心では、深く当惑したり、かすかな侮蔑を覚えたりしている。しかしその事をほとんど表情には出さないことが多い。

なぜなら、分裂と懐疑のない、単純で善良な人間を、どう教育しても複雑にする方法はないということがよくわかっているからである。せめて、その人が悪人であればまだしも教育の余地があるのだが、善良な人の教育は概ね不可能である。

同時に都会人は、複雑ということは弱いことだ、という現実もよくよく知っている。それでいて都会人は、意識して弱くあることを選ぶ場合も多いのである。

都会的羞恥心はまた、次のような作用を及ぼす。

彼らは、やたらに外国語を使ったり、むずかしい言葉で語ったりすることを避けて、できたら軽くユーモラスに、日常的な和語で、しかも時には、不真面目に不道徳に表現しようとしたりする。外見や表現にこのような反語的ためらいがあるということは、ことに大切な要素なのである。

§

言うまでもなく、それは真実内面まで、不道徳で不真面目だということではない。ただそこには「照れる」という一般的な言葉で表現される慎みがあるのである。いや、有限の生を受けた人間の能力の限度を知った上で、自分の言行に信頼をおかない、いや、おけない、という自覚を持つと、自然に、ためらいながら、照れながら、ふざけながら、できるだけ見場悪く言うようにしたくなるのである。その逆説の世界の中に、燻銀《いぶしぎん》のような輝きを持ちたいと願う。

こういう表現の技術は、何も都会人だけでなく、よく見かけるものである。地方出身者が、地方性を自然に、時にはやや誇張するくらいにユーモラスに話すのを聞くと、私たち都会人はその人のことを「何と垢抜けたセンスだろう」と思うのである。

都会人と、地方人が違うところは、地方人は、さまざまなことに通であることを示すことに余りためらいを感じないことである。ことに「しゃれた」感じの分野——たとえば、フランス文学、コーヒー、オーディオ機器、自動車、などといったものに、滔々《とうとう》と知識を示すのは、多くの場合、地方人である。

私がこういうものについてあまり喋らないのは、都会人ぶっているのではなく、ほんとうに知識がないからだが、都会人の中には、マニアに近い人はいくらでもいるはずである。しかしそれらの人は、なぜかあまりそのことを言わない。ひっそりと自分だけでこのことを——私流に言えば、「陰湿」に楽しんでいる。

それは「知ること」に対する羞恥の感情があり、自分が「知っていること」を「知られる」ことへの恥ずかしさがあるからとしか思えない。それは、謙虚さでもあり、人間を知るが故の不信感に根づいたものでもあり、人と人とが接触する場合に当然起こるはずの相剋《そうこく》を予定してあまり期待しない、という姿勢を身につけたものでもあり、単純な価値観への一種の抵抗の姿勢でもある。

都会的羞恥は、権力的なもの、猛々しいもの、厳《おごそ》かなもの、総て大真面目なものに対する、抵抗の精神がその根底に潜んでいるのだが、それも露《あらわ》な抵抗ではないことにその特徴がある。

露な抵抗は、騒々しい。都会の人は賑やかなことは好きだが、騒々しいことは必ずしも好んでいないのである。

§

こういう話をする度に思い出すことがある。

或る人から聞いた話である。

その人は或る使節団に加わってビルマに行った。ビルマは当時も今も社会主義政権である。

或る朝、向うの知識人と懇談するという機会が作られることになった。行ってみると、ビルマ側からはジャーナリストや大学教授などが、七、八人集まっている。

懇談は始まったが、その中に一人変わった人物がいた。明らかに白人とビルマ人の混血である。その男はそこにはいるのだが、何も発言しない。それもただ黙っているのではない。客たちがいるというのに、全く我関せずという感じで、英字新聞を読んでいるのである。

「あの男は、こういう社会的な状況では、何一つ言うことはない、ということを暗に匂わせるためにあそこにそうしていたとしか思えませんなあ。表だっては何も言わない。しかし彼の一種無礼に見える行動は実に雄弁でしたなあ」

もちろんこれは、憶測に過ぎない。その混血の教授は、もともとひどい変人で、協調ということがほとんどできない性格であり、別にその日に限ってそういう態度をとっていたのではないかもしれない。ビルマの言論統制の実態を自由主義社会に伝えようとしたのではないかもしれない。

しかし仮にこの憶測が正しいとしたら、である。これはまさに都会的な反応の示し方と言わざるを得ない。もっともこの場合は、羞恥というにしては、いささか強烈な表現ではあるが……。

その人のことは知らない

昔、開高健氏が言われたことがある。

常に論議の対象になる憲法の前文を、大阪弁で書いたらどうなるか。第九条を巡って、皆が目くじら立つようなこともなくなるのではないか。まことにこれは一つの都会的な知恵である。

§

都会の美は、交響曲における第二楽章の美である。

私は音楽については、素人の音楽愛好者のうちにも数えてもらえないのだが（何しろ音楽とほとんど無縁で暮らしてきたので）、五十歳近くになって生まれつき視力のなかった眼が一挙に見えるようになる幸運に恵まれた。その時以来、私は音楽に感動して涙を流すようになったのだから不思議なものである。

多くの作曲家たちが、どうしてこうも、第二楽章に優しくあでやかな世界を構築しているのか、無知な私は驚いたのである。

ブルックナーの交響曲第四番「ロマンティック」、チャイコフスキーの交響曲第五番、或いは第六番、スメタナの「わが祖国」、ドボルザークの「新世界」、シベリウスの「レミンカイネンと島の乙女たち」作品22、リヒャルト・シュトラウスの「ツァラツストラはかく語りき」、リムスキー・コルサコフの交響組曲「シェエラザード」など、思いつくだけをあげても、その第二楽章のどれほどすばらしいことか！

私の感動はすべて自分の創作方法と引き比べてのことであったが、今その点については詳述を省くとして、それらは第一楽章のように、何とかして主題を一応明確にしなければならない、という力みも必要でなく、最終楽章のように、これでこの作品を総括的に締めくくらねばならない、という意気込みもいらない。恐らく作曲者のもっとも自然な思いを、充分にウォーミング・アップした冷静な技術とタイミングのもとに、静かに、流れるように無理せず控え目に歌いあげている。もっとも都会的な究極の美意識というものは、いささかそれと似通っているのである。

§

標準語というものが、何とも潤いに欠けるものであることも一面でほんとうなのだが、反面、東京に来て、爽やかな標準語のすがすがしさがたまらなくよかった、という演劇関係者のエッセイを読んだことがある。ほんとうに標準語には、秋の冷気のようにさらさらと流れる煩わしくないものがある。

言語というものは、意味の伝達方途であるとすれば、伝わる範囲が狭い言語というものは意味が薄くなる。

都会で主に使われる標準語のよさは、伝達範囲が広く、むだな感情を省いたところにある。言い換えれば情緒皆無の寂しくつまらない言葉である。

しかし私は機能第一主義者の面があるから、標準語の機能美というものをかなり高く評価しているのである。普段はどんな言葉でも構わないのだが、仕事になった時、別に正確でなくてもいいが、一応標準語のイントネーションで喋った方が、正しくて、情に流されないでいい。

私の個人的な理想は、故郷の方言一つと、標準語と二つを使い分けられることである。どこででも、古里の言葉が通用すると思うのも、一つの甘えのような気がするからである。私自身は、戦争中、石川県に疎開したので、そこの言葉が一応使えるようになった。ただ下手だから、却って土地の方に失礼なような気がして、めったに喋らない。しかし書くことはできる。それが私にとっては小さな財産だと感じている。

§

私は決して読書家と言われるほどの「本読み」でもないが、それでも、書物に対する愛着が、住む所を決定するのではないか、と思うことがある。つまり、一応の本屋が一軒もない所にはとても住めないという気がするのである。

その点、日本にはほとんど地方・都会の差なく、本による文化の恩恵に与《あずか》ることはできる。図書館も整備されているし、新聞をとっていない人は珍しい。図書館で借りるか、新聞の読書欄の広告を見て注文すれば、どんな僻地でも、少し時間はかかるが、欲しい本は手に入る。

しかし、一国の首都であってもろくな本屋が一軒もない国というのもあり、私は心密かに日本に生まれた幸せを思ったことが何度もある。

都会に暮らす幸福の一つは、教養のために意味のあるすべての手段を最高度に利用できることである。

一例をあげると、先に述べたように私は長い間音楽に無知であった。いや、今でも無知であることには変わりないのだが、数年前から、急にクラシックを聴き出した。それまでの数年間、私の家にはステレオ一つなかった。皆そう言っても信じない。息子が、地方の大学に行く時、自分の部屋にあった質素なステレオを持って行ってしまったあと、私は音楽のための機械を一切買わなかったのである。

それが幸いして、私は急にCDプレーヤーを買い、ちょうどその頃ワード・プロセッサーで原稿を書くようになったので、家を改築して断熱・防音の書斎を作り（この頃は結構安い材料でこの条件が叶えられる）、家族にさえ影響なく音楽を聞きながらワード・プロセッサーで作品を書ける環境を作った。

CDの音は画期的であった。私は日に数時間はクラシックを聴くようになった。しかし同時に、私は今までほとんど行かなかった音楽会にも足を運ぶようになった。CDの発達が音楽会を駆逐《くちく》するだろう、などというのは見当はずれな見方だと思う。

都会では、演劇・音楽・絵画の展覧会などの恩恵にいくらでも浴することができる。これは、大きなメリットである。或る月など、私は一月に六回の音楽会に通い、疲れ果ててしまった。愚かなことだ、と思いながら、この手の自分の「愚行」は私を非常に幸せな感じにしてくれた。死ぬまでに好きなことは充分にして来た、と思うことは、どれだけ多くの美しいもの、感動したものに出会ったか、ということで計るのだと思うが、都会には人工的に美なるもの、感動的なるものが、集中しているのである。

因《ちなみ》に私の音楽会のための出費を考えると、そのうちの二回は三階のD席の会員券を買っているから、一回の切符代は、映画を一回見るのとほぼ同じである。実は私は音楽会を聴く席に少し好みがあるのである。端っこで静かな場所が好きだ。そういう席はまたたいてい安い席なのも幸運である。いい映画もすばらしいが、生の音楽をそんなに安く聴いていいのだろうかと申し訳ないような思いになる。

音楽会で聴いた曲をうちに帰って再びCDで聴くと、その方が音もよく、演奏も洗練されているように思うことがある。私は何より音楽は全く一人で自由な環境で聞くべきだ、と思っているからだろう。

例えば私は詩集を読みながら音楽を聴くという贅沢もしたい。そのためには、演奏会でない方がいい場合もある。それにしても音楽会へ行くということは、今、私の思考に決定的な意味を持つようになってしまった。そのためにも私には都会に住むことが便利なのである。

§

まだ果していないことだが、私には年を取った時の計画がある。それらは総て風光明媚な地方ではできないことで、できれば都会の真っ只中にいてこそ可能なものである。それらはまず、実行が、距離や天候などに左右されず、かつ、大した出費を伴わず、体力の衰えた老年でも一人でできることでなければならない。

私が最初に希望したことは、毎日のように絵を見て歩こうということであった。博物館、美術館もいいし、画廊を見て歩くという手もある。

次に予算と体力に合わせて、月に一、二回は芝居を見る。そのお金がない時には、裁判を傍聴する。それこそお金をかけずにドラマを楽しむ究極の方法である。

それからデパートを歩き、盛り場で食事をするかお茶を飲む。生きた町の姿と物価に常に接しているためである。

講演会、同好会なら、毎日ないという日はない。八十になって講演会を聞いて利口になって何になる、ということはない。老年というものは、密かな内的完成のための時なのだから、都会にいれば、いつでも、自由に、無理なく、目立たずにその機会を見つけられるのである。

§

教養、などという言葉は都会人にとって、もしかすると禁句である。教養を高める、などという表現は、時とするともの笑いの対象である。

しかし都会では生きるだけで、私たちは教養を得る。なぜなら、自然の稀薄な都会にあっては、人間が受ける刺戟の大半は、人工的なものだから、それはすなわち文化とも教養とも深い関係があるのである。その代わり、地方において濃密な自然からは、人間は哲学を学ぶはずである。

都会生活では倫理性が稀薄になっているという点も、私が都会を愛する一つの理由である。

§

もちろん人間は、社会の基本的な約束を決定的に破壊するようなことはしない方がいいに決まっている。過失ではない意図的な殺人や、盗みがいい筈はない。しかし、そのはるか手前のところでは、人間の生き方をあまり軽々しく批判したり制約したりすることは避けねばならない、という考え方が、都会人の心のどこかにはあるのである。

「無難」という言葉はもちろん都会でも大きな意味を持っている。着物などを選ぶ時に、

「これなら無難ねえ」

という表現が、買い手に少なくとも消極的な購買理由を与えるのである。

無難ということは、そのルールを守れば難を蒙《こうむ》らなくて済む、ということだが、人間社会では、万事いいということはなくて、無難にしようと思えば、必ずそれだけ損をす

る部分も出る。つまり、無難に生きようとすることは、自分の人生を、不特定多数の見えざる大衆の判断に委ね、彼らの好みに牛耳られることを承認するという決定だから、一部の都会生活者ははっきりと認識してそれに抵抗するのである。

ただし彼らは、できるだけ密やかに、静かに、抵抗する。そういう時、敢《あ》えて目立つように反逆するということは粋でないからである。

§

都会には一群の、堕落というものがその人間にもたらす密度の濃い最終的な真実に対して、本能的に理解を示す人々が常にいてくれる。もちろんこの手の人たちは地方にも見られないことはないのだろうが、極めて育ちにくい存在のようである。

私の周囲の、心から私の友人だと思う人々の中には、私が今のような一見小心で凡庸《ぼんよう》な生活をすることをやめて、めちゃくちゃな人生を送ることを未だに期待してくれている人がかなりいる。つまり私が夫を捨てて（時にはおよそ愚かしく見える）他の男の元へ走ったり、或いは馬鹿げた豪壮な建築にお金を注ぎ込んだり、急に山登りを始めて遭難したり、麻薬中毒やアル中になったり、修道院に入ったり（これを堕落と言うのには語弊があるが……）することを心密かに望んでくれている人がいるということを、私は断言できるのである。

そのうちの数人は、現に私にはっきりとそう言いさえするのである。それはひたすら、私が、いつからでも、どんなふうにでも、私らしく生きることを、彼らが望んでくれているということである。道徳的で安穏であることが、私の幸福だなどと、こういう人々は思いもしないのである。

例えば私がめちゃくちゃな恋愛をするようになったら、それもすばらしい、ということを、彼らは私の夫の前でも言う。夫がいるから、表現を遠慮するということもない。そして夫もまた、そのことを全くたじろいだり「そのような危険思想を口にする友達と付き合うな」というようなヤボなことは言わない。なぜなら、基本的には、すべての賢い行為と共に、あらゆる「愚かな」行為もまた人間的だ、という認識なしに、私たちは生きることを考えられないからである。

もちろんこのような話がすべての人々の間で通用するとは私も思っていない。しかし通る人々を十人や二十人見つけるのは、いとも簡単だというのが、都会生活である。そしてたとえそのことが不道徳であるとしても、都会では、そのことによって、そのような考えを持つ人々を社会から閉め出す、ということはほとんど不可能でもあり、そのような無意味なことを多くの都会人はしようとも思わないのである。

なぜ、堕落を愛することがうるわしいことなのか。それは、堕落を認めるという形で、人々は自然になり、寛大になり、謙虚になるからなのである。みずから堕落を認める人が、どうして他人を責める側に回れるだろう。

§

私は都会がきわめて個人主義的であることを決して否定しない。それは、自分勝手ということである。しかしそれは、決して、利己的なだけの自分勝手ではない。それは必ず何がしかの論理と勇気に裏打ちされなければ、とうてい達成されない情熱である。

勇気は、香気を持つ情熱である。それは、自分がたとえ少々の、時には、かなり手痛い打撃を被っても、真なるもの、或いは自分が失いたくない精神的な立場を保とうとする情熱であるが、それが情熱以上の偉大なものであることを把握していたのはギリシア人たちであった。

古代ギリシア語では、勇気はアレーテーといい、それは同時に、力、男らしさ、卓越、徳、奉仕、貢献、のすべてを意味したのである。つまり勇気がないところに、力も、男らしさも、卓越したものも、徳も、奉仕も、貢献もないということを見抜いていたのである。

この勇気が、特定の抜《ぬ》きんでた偉人にではなく、全くその存在が外から強く感じられないような、地味なごく普通の生活者にも見られるのが、都会の生活というものではないだろうか、と私はしばしば思うことがある。

しかし私は都会以外では、ごく稀にしか、自分が傷ついても勇気を持って村の掟に反してでも個人の信念を押し通すという勇者に会わない。ことにその村、向こう三軒両隣と対立しても、自分の考えを明確にする、という人に会うことは今までほとんどなかった。

私はそれを非難するつもりはいささかもない。地方では人々は寄り添って生きることにぬくもりを感じるのだし、都会の原則は、その人が望まない限り、決してその人の生き方に口出しをしない、という節制を礼儀とするのである。

親しくありながら、その人の心の深奥の部分には入りこまない、ということは、一つの爽やかな決断で、私もそれを見倣《みなら》おうとして来た。私も時々、ごく親しい人が離婚したり、結婚したり、ほかのさまざまなことで新聞種になったりした時、真相はどうなのか、ということをマスコミに訊かれることがある。

しかし私は意地悪なほど、他人については何一つ語らないことにしている。その人が生きているなら、その人に聞けばいいことだし、その人が死んでしまっているなら、なおさらその心理を他人が代弁するというような暴挙はできない。

その人のことは知らない、と答えると「そんなに親しいのに知らないんですか」と不思議そうな顔をされたことが再三あるが、第三者が他人の内面の代弁をするなどということは、都会的な礼儀からすると、無礼極まることなのである。

従って、その人の正確な年齢、親の職業、現在の仕事などについても、よく知らないことが多い。配偶者ならすべてを、親子ならかなりを知っていなければならない、という考えもある。しかし友人は部分しか知るべきではない。その部分を尊敬し、愛することができれば、それで充分なのである。私にはその意味で、友人がたくさんいるが、その人たちの生き方は、私の趣味とはかなり違うことが多い。しかし違うが故に、私には大切な友人なのである。
違ったままで、なお、尊敬や敬愛を感じられるのが勇気であろう。その人の日常を自分の勢力範囲にとりこもうとしたり、その人の生き方の上に、自分の好みを取り入れさせたり、その人が当然常識に従うと思ったりするということは、決してほんとうの勇気ではなく、蛮勇である。そのようなことは、生活を美的に生きることの妨げになると感じるのが、都会的な感覚である。

「変わっている」という言葉は、地方においては、非難を含んだ意味になることの方が多いらしいが、都会では、いい意味と悪い意味と半々である。変わっていておもしろい、個性的で愉快だ、というニュアンスを持つことも往々にしてある。

都会では他人の生き方に対して、それが、殺人・放火・詐欺など、外部のこちら側にまで影響が及ぶ場合にはそれを拒否する。しかし個人の生き方が、法にもふれず、その人の内面の問題として留まっている限り、余計な判断や批判や口出しをしない。それでもう現世の煩わしさの半分は解決したも同然である。

このことについて、もちろん完全ではないが、半ば気がついており、それが勇気と不可分の要素によってのみ達成されると勘づいているのが、都会生活者である。

人と同じは恥ずかしい

私自身は決してもの静かな人柄でもないくせに奥に引っ込んだような静かな所が好きで、お祭というものはどちらかというと苦手である。祭のさんざめきを遠くに聞く、というのは悪くはないが、一緒になって騒ぐ気にはどうしてもならない。

東京にも祭はたくさんある。私の父などは京橋八丁堀の生まれだから、祭を大事にした人であった。しかし私は小さい時から、人の集まる所を恐れていた。それは多分近視で人の顔を覚えられないという恐怖と、心理的に関係があったと思う。

私の住んでいる土地にも氏神さまがあり、そのお祭の費用を集めにきていた時代もあったが、私は丁寧に断って、隣近所の付き合いだからという理由で寄付をするようなことはしなかった。陰口くらいきかれていたかもしれないが、それを気にしなければどうにか通るのが都会というものである。その代わり、私はささやかながら、私の所属するカトリック教会の維持費を払うのである。

こういう言い方は日本では「何という人付き合いの悪い」ということになるかもしれないが、外国だったら当たり前である。インドのヒンズー教徒がイスラム寺院に寄付するなどということは全く考えられない。それは、自分の信仰に根差した行為だからである。もちろんその場合でも、何か異常な対立が発生しない限り、相手の信仰の行為を妨げたり信仰の対象を破壊したりということはしない。しかし信仰の違う者同士の通婚など、ほとんどあり得ないことである。

他人が祭を楽しむのはいいのだが、その地域が皆祭を楽しむのだから、お前も楽しめというのは恐ろしい状況だと私は思っている。

祭ばかりではない。積極的に加わって活動したいという組織でもないのに、付き合いでグループに名前を連ねたり、会費を払ったり、同じ制服を着たりすることに対する抵抗が都会では強いのである。

私自身、組合運動というものを決して否定しはしないが、あの組合的表現にはとうてい耐えられない。もっとはっきり言えば、あれに耐えられる人と友達になれるとは思わない。皆が同じ襷《たすき》をかけ、ハチマキをし、ゼッケンをつけ、右の拳を突き出してシュプレヒコールをするのはたまらない。これはみずから個性を放棄することを承諾しているもののように思われるだけでなく、どことなく、軍隊的、全体主義的である。抵抗運動でも市民運動でも、もっと個性を保ったままやれるものでなければついていけない。

核兵器反対は大賛成だが、それを示すのに、皆が死んだ真似をする「ダイ・イン」とかいうふざけた行動には寒気がする。私は何と言われても、ああいう時、一人立っているだろう。そうでなければ、ほんとうに原爆で死んだ人に申しわけないからである。

少なくともこのような団体行動は、一人一人の考えを重視する伸び伸びとした個人主義、あるいは一人一人の美的・哲学的・思想的根拠を持つことが大前提の芸術家にとっては表現の敵である（実際の私がゲイジュツ家かどうかはこの際別とする）。そして一部の都会人の中には、このような全体主義に激しい嫌悪を示し、頑強に、しかし静かに、一人だけで抵抗している人が結構いるのである。この手の人たちは、決して団体行動をとらず、一人だけの闘い・抵抗をしているので、ほとんど目立たないのだが、この手の人がいることが都会の救いである。

都会にももちろん、統一行動が好きな人はいるのだが、人と同じことをするのは恥ずかしい、という基本的な心理は、どちらかというと都会的なものだと私は思っている。

私の知人の一人は、昔から遠足も運動会も嫌いであった。とにかく理由もなく、人と同じことをさせられる時、屈辱を感じるのである。彼がしょっていると非難することは簡単だが、こういう子供は幼時から自分が人に呑《の》まれることを恐れる本能を有している。都会ではその人口の多さが個人を呑み込むように思われているが、実は個性が細々と生き延びるには恰好の場所として、一種の優しさを有しているのである。

地方では自分の好みなどに固執していたら、周囲の常識とぶつかってこちらがつぶされそうになり、もっと多くのエネルギーが必要な状況に追い込まれるという。冠婚葬祭、すべて人と同じにするほうが楽だという。

だから、人と同じことをすることに対して、羞恥などという屈折した感情が発生する余地がないのかもしれない。だが、一部の人はそのような仕組みの中で息が詰まると訴えているのも事実である。

しかしそれは、当然の結果なのである。その人が悪評に甘んじつつ自分のいいと思う生活の方式を押し通すだけの勇気もなく、それより、周囲のよい評判をとりたいという情熱の方が強ければ、それは致し方ない代償だと思う。

悪評さえ覚悟すれば地方でも都会でも、かなり完璧な自由を手に入れることができる。

しかし実際問題として、悪評を受けつつ生きることが、都会では比較的楽で、地方ではむずかしい。

とにかく、人と同じであることは恥ずかしい、と感じる、その都会的羞恥が、都会の自由を支えているということはできる。

§

都会は出稼ぎ人の町だから、ほとんどの人がその父母の出身地の影響を受けずに暮らせる。このごろの戸籍では、本籍を自分の自由な所に持って行けるから、ますます出身地について明確にする必要はない。

私は結婚して姓が変わり、本籍まで自分の中で何の思い出もない場所に変わった。夫に「この本籍地というのは、どういう所ですか?」と訊いたことがある。するとそこは、今では環状七号線の自動車の行き交う、排気ガスくさい路上であった。

東京ではいわゆる被差別部落などという観念もない。あるある、と言っている人に会うと困ってしまう。

いつか私がそう言ったら、

「それでも私が〇〇市のどこどこ町の出身だと言えば、知る人はすぐわかる」

と反論された。

私はその時黙っていたが、ずいぶんしょった人だと思った。東京でNHKの所在すら知らないタクシーに乗り合わせたこともある。地下鉄を下りたところで、(私もその一人だが)一体どの出口を出たら自分の行きたい場所に着けるかと、表示板の前であんぐり口を開けて眺めているバカのような人がよくいるが、その人がまた東京の住人なのである。新宿の高層ビル街まで来ていながら、夜だったので目指すビルがどれだかわからず、三十分歩いてへとへとになった、という人も知っている。

そういう土地へ来て何県何市の何町といえば被差別部落だとすぐわかるなどという言い方をしてほしくないと思う。

もしどうしてもわかる、と思い込み言い張るなら、戸籍も移して、両親の出身地など東京だと言っておけば、いいのである。私たちのように、環状道路の上が本籍という家族だっているのだ。どこに本籍を決めようが勝手だし、それには何の意味もない。

東京やその近郊の土地では、部落問題など人々の意識にないのである。だから例えば私がウィークエンド・ハウスを持っている神奈川県三浦市の農村の人たちは、自分の村のことを今でもどうしても自然に「部落」と言っている。その言葉には愛着こそあれ、なんら特別な意味はない。

§

都会にも、家族制度がないのではない。私の育った家にも、本家・分家の感覚があり、法事の時のお焼香の順序など、誰に言われなくてもちゃんと決まっていた。

しかし一方で、私たちの家族の生活は、どんな選択でも、最終的には自分で決めればいい、という意識があったのもほんとうである。家族にとって大切なことに関して、本家の意志を聞こうなどと思ったこともない。

都会人はつまるところ悪く言えば物質的、現実的なのだ。誰かがその家を経済的に援助しているわけでもなく、その夫婦が昔風に言えば禁治産者でもなく、犯罪者でもなく精神薄弱で社会生活ができない、というのでもない、ということであれば、最終的に彼らが非常識な行為をしても、ほって置くほかはない、という判断である。

もちろんその場合にも、その非常識な夫婦は、それなりの悪評を受けることは覚悟しなければならない。私たちの家がそれであった。しかし悪評と引換えに、私たちは、自分の家族の生き方には、介入しないでください、という原理を押し通した。

自分の生き方が正しい、と自信を持ってそうしたわけではない。しかし非常識呼ばわりされることと引換えに、私たちは自分の家の特徴を守ったのである。もっとも私たちは頬を引きつらせてそうしたのではなかった。私は八方破れの心境で風通しよく、夫は無邪気にニコニコと家風とか常識とかしきたりとかを無視できる人であった。

ありがたいことに、そういうことが通るのが都会なのであろう。もしこれが地方の生活だったら、どんな悪評を引換えにしても、そういうことは実現しないことなのだ、と教えてくれた人がいる。

§

地方に行くと、礼儀正しいのに驚かされることがある。私は基本としては、礼儀は守った方が好きである。中国へ行った時も、最大に学んだのは、年長者に対する折り目正しさだった。

しかし時々、この賢い人たちが、人生の何十時間、いや、何日分かを、会合の時の席を譲り合うことに使っているのは、つくづく勿体《もったい》ないと思ったことはある。

こういう遊びの計算はどうだろうか。或る男の人が、何回かの会合で、一回に合計一、二分、席を譲り合うことに使うのはざらであろう。一日に数回人と会うと、その度に「まあまあ、どうぞ」「いやいや、そちらこそおつめください」「いや、まあそうおっしゃらんで……」を繰り返すから、一日に、三分くらいはその手の会話に時間をつぶすことはあり得るだろう。ということは、月に九十分、年に十八時間になる。大人になってから六十年こういう生活をすると、千八十時間、まるまる四十日分、というより人間が一日に起きている時間は二十四時間のうちの約三分の二だから、その比率だと約六十日分は「まあまあ」「いやいや」に費やしたことになる。六十日は二か月だから、流行作家なら、本二冊は書く時間の量である。

上座、下座の感覚は特に日本建築と結びついている。だから西洋風まがいの私の家のように、床の間がない家に住むと、「まあまあ」「いやいや」が身につかないし、そのために気を遣う必要もない。それは明らかに日本古来の文化を学ぶためにはよくない状態を示しているのもほんとうなのである。

しかしすべてのものには明るい面と暗い面があるように、席を譲り合っていると人生で二か月を失う。だが二か月分以上に、この美風には意味がある、と思う人がいたとしても……その気持も私にはわからないではない。

§

都会で特徴があるのは、仲人結婚を嫌う娘たちが多いということである。人身売買の匂いがするからだという。

もっともこれも、階級によって少し違う。上流階級には、見合い型が多い。人身売買ではなく、逆にお互いに選ばれて名誉だ、という感覚があるからであろう。

中産階級の娘たちは、いわゆる仲人が間に入って、「不純な」要素で家柄や学歴や育ちなどという本来計測できないはずのものの釣り合いを考えたりするのはいやらしいことだ、と感じる。好きにならない前から、家を調べたりするのも感じが悪いという。彼女らは皆一種の恋愛至上主義なのである。

或る娘が、地方出身の同級生の結婚式によばれることになった。その前に、持って行く嫁入り支度のお披露目《ひろめ》があった。この習慣は地方によって呼び方が違うようだが、つまり簞笥《たんす》を開けて中の着物などを見せるあれである。

「すごい枚数でした」

と彼女は私に報告した。

「でも同じような感じのお着物ばかり。クリームや淡いピンクやベージュや、落ち着いて品がいい、と褒めなきゃいけないものばかりで、どこがどう違うのかわからないくらい似てるんです。私があれだけの枚数作ってもらうんなら、赤、ブルー、金、藤色、黄色、黒、緑、オレンジ、全部一枚一枚はっきり違った色にしてもらっちゃう……」

彼女は少し悔しそうである。そして、つけ加えた。

「でも、持って行く荷物を展覧するなんて、ほんとにいやな趣味」

展覧はよかったわね、持たざるものの僻《ひが》みね、と私はからかおうとしてやめた。そういう率直な冗談を言うにはまだ彼女は少し若すぎると気がついたからだった。

都会では嫁さんが何を持ってきたか、或いは、何も持ってこなかったか、どちらも全く他人にはわからない。爽やかである。

愛すべき変人たち

よく地方で会合などがあると、大変偉そうにしている婦人に出会うことがある。もちろん服装もよく、知的でもあるのだろうが、彼女が有名な歌人だとか、女子大の学長だとか、女弁護士だとか、彼女自身が社会で働いているから偉い、という場合はむしろ少ない。その代わり、その婦人の夫が偉いのである。つまり彼女は知事夫人だったり、医師会会長夫人だったり、県会議長夫人だったり、大きな造り酒屋の奥さんだったりする。

都会では夫が偉くても、その妻は地方ほど社会的に地位が上がることはない。東京都知事夫人はもちろん公的な場ではご主人と共に丁重にあつかわれるだろうが、私たちが始終眼につく範囲に、いつも何さまだろうと思われるような態度でちらつくことはない。

それは都会という巨大な構造のせいである。都会で、いやでも眼につく人というのは、皇室と、身辺の護衛がつく総理や閣僚クラスの人々、それからテレビに始終出てくるさまざまなタレントだけである。大企業の社長といえども、庶民は関係ないから顔を知らないし、ましてやその妻が社交的な場でいつも上座に座るような生活をすることはない。またしたら、それはしたない、ということで、敬遠されることになるのである。

「イナカというのは、ばかな女が大きな顔をするところです」と言った人がいた。イナカにばかが多いのではない。この言葉をそのまま拝借し、少し訂正すれば、都会にはばかがいないのでもない。ばかが目立たなくて済む、というだけのことなのだと思う。しかしこれだけのことでも、私たちはずいぶん贅沢な境地を味わっていることになる。

§

人生でずいぶん変わった人に会った、と思う時がある。いい人だか悪い人だかわからない。その人の妻や子供になったら大変だろう、と想像することはできる。しかしとにかく実に強烈な個性や才能を持っているから、他人として付き合っている限り、ほんとうに楽しい。会っている時もおもしろく、翌日思いだしてもまだ楽しくて、夫婦で思い出しては笑っている、というような人は実際にいるのである。

もうずっと以前になくなった方だが、松本清張氏などと共に絢爛《けんらん》たる作家と言われたのが、有馬頼義氏だった。久留米の殿様で、銀の匙をくわえて生まれて来た方だと思うが、書かれるものは、暗い、いたんだ部分があって、私は大好きだった。私がかなり危険と言われた眼の手術を受ける前日、もしかすると今日限り視力を失うかもしれない、という日に、私は薬で瞳孔を開けられて思いがけず少し見えるようになった眼で最後に有馬さんの『赤い天使』という作品を読んだものである。

有馬さんは端正な瓜実顔《うりざねがお》で、いかにもお殿様という感じだったが、身なりはおそろしく構わない方だった。偶然だろうが、私は有馬さんが上下揃いの背広を着ておられたのを見たことがない。いつも古ぼけた感じのズボンとジャケットで、持って来ておられる旅行カバンなどもまた、古くて皮がひびわれているような戦前のものだった。私はそういう有馬さんの姿を見ながら、しみじみ生まれがいいからこういう構わないなりができるんだな、と思ったことがある。

ついでに思い出話を書いてしまうと、戦争直後は、東京の広大なお屋敷に住んでおられた有馬家も当然お金に困った。有馬家には、広い花壇があり、そこでバラか何かかたくさん花を作っていらっしゃった。その花を切って、有馬さんの父上の大殿様がリヤカーに積んで駅前で売っておられたという。

その話を有馬さんの口から聞いた三浦朱門が、

「へえー、有馬さんの父君、よく花なんか作れるな」

というと、有馬氏は独特の渋い品のいい笑い顔で、

「それくらいできるだろう。東京帝国大学の農学部を出て、農林大臣やったんだから」

と答えられた。

「花をうまく作るには、やっぱり、東大農学部出で農林大臣も経験しなけりゃだめなんだ！」

と私は言い、これでまた笑えるのである。

こういう有馬さんだったけれど、久留米へ帰るのは大変だ、と言われたことがあったそうである。いわゆる家の子・郎党に、それなりのお土産がいる。私たちのように、カステラの小箱一つ持っていけば大きな顔ができる、というものではない。一度久留米に帰るのは少なくとも数十万円の仕事だ、と言われたそうである。

有馬さんの母上は、宮家から来ておられた。お葬式の時は大変だった。旧宮様方が弔問におみえになるので、それなりの習慣に従ってお迎えしなければならない。

私がどうしてそういうことを知っているかというと、私たちの「業界」には、各大手の出版社にそれぞれ「葬式の名人」がいて、その方たちが総ての文壇の葬式を取り仕切ってくださる。ありがたいことなのである。

何しろそういう方々は、皆温かく繊細な心の持ち主で、気配りも恐ろしいくらいで、貧乏な作家にはお金を残す葬式を、派手にやりたい人にはお坊さんの数もぐんと増やしてそれらしく計らってくださるのである。こういう方たちは、葬儀屋を値切るなどということ、普通の人にはできない技術も持ち合わせていらっしゃる。

ところがこの名人たちが、有馬さんのお葬式だけは手がでなかった。格式が違うので、常識が通用しなかった、というのである。

(以下、いかにもよくできた笑い話が伝わっている。嘘に決まっているのだが、ほんとによくできた嘘である)

彼ら葬式の名人たちが、唯一お手伝いできたのは、夜通しご母堂の枕元で写経をされる有馬さんのために、紋付きを調達したことだけだった、というのが逸話の初めである。どこから調達したか、というと、その頃毎年「文士劇」なるものをやっていた文藝春秋社の社員が、松竹の衣裳部から有馬の猫騒動の芝居の時に使う紋付きを借りて来てさし上げた、というのだ。私たち庶民なら、どこからどんな紋の礼服を借りて着ていたってそれで通ってしまう。しかし有馬の殿様はそうはいかない。そこで松竹衣裳部に借りに行った。

久留米の殿様が紋付きを持っていらっしゃらなかったわけはない。「だから真相は有馬さんが面倒くさくて紋付きを出すのを渋ったんだろ」と三浦朱門などは勝手に憶測している。

とにかく有馬さんは、久留米ではお殿様にしかなれない。しかし東京では自由人になれたのである。

お殿様のような存在でなくても、酒癖の悪い人などいくらでもいる。飲んでだめになるのではない。飲めば、うんと高級な人生を語れる人なのである。この上なく繊細で、人の心の裏、裏の裏、裏の裏の裏、などを喋る人である。芳《かぐわ》しい羞恥と、基本的な慎ましさを持ち、人生に深く期待などしていない。「つ」と言うと「かー」とわかる。この手の会話がなぜこんなに爽やかかというと、人に社会的な評価をしないことと、道徳的にものを見ないからである。ただ、あるがままを語っていると、それがめちゃくちゃにふくよかなのである。

身勝手な人もいる。家庭の経済も考えず、好きな勉強ばかりしている。高い本を買い、行きたいとなったら、妻子をおいて外国へ行ってしまう。悪意があるのではないが、一族の法事など出たことがない。しかし幼児のようにひたむきである。こういう人は、その家族のためにはあまりならないかもしれないが、明らかに、日本の社会を厚みのあるものにするのに、役立っている。

こういう愛すべき変人たちは、もちろんどこにでもいる。しかし都会では、あまり目立たずにその存在が許される。一族の中には当然常識人が多いから、この手の人は必ず非難の対象にはなるが……だからと言って別にどうする必要もない。

都会はどんな人間も生かす。それは都会が温かいからではなく、都会が冷たいからである。そして人間を生かす（活かす）要素には、人の心の温かさもあると同時に、社会の冷酷な部分も実に必要だということを、都会人はまたいつのまにか知ってしまっているのである。

§

これも大雑把な言い方だが、田園の生活者と都会の生活者とは、体つきが違うと思うことがある。それはどちらが足が短いとか、スマートではないとか、そういう具体的な違いではない。日本中どこにも、猫背も、短足も、O脚も、猪首《いくび》もいる。そういう具体的な特徴とは別に、都会生活者を支えているのは、緊張なのである。

情緒的に心がけがいいとか悪いとかの問題ではない。都会には危険が多い。ぼんやり歩いていれば車にはねられる。道は複雑だから、考えごとをしていたら、角を曲がり損なう。地下鉄の駅は複雑でよく案内表示を見なければ、目的の場所に辿りつけない。

交通だけでない。都会生活は、機械を使いこなさねばならない。ものを買うにも、電車に乗るにも、車を停めるにも、あらゆるコミュニケーションを行うにも、すべて機械である。使い方がわからない、と言っていたら暮らしていけないのである。その機械を使いこなすというささやかな行為が、やはり精神の緊張と、生きる姿勢が柔軟であることを要求する。そして人を輝かせるもっとも基本的な土壌は、緊張と柔軟性ではないか、と思う時が多い。

女優さんたちを美しくするものは、人に見られている、ということだと書いている方があった。私たち庶民は、誰に見られるんですか、そんな機会はないでしょう、という人がいるが、電車に乗るとか、買物に行くだけでも、人目にさらされていると思わないのだろうか。

ただ頻度は確かに問題になるだろう。ごく素直に考えても、広大な畑や田圃《たんぼ》で働く人は、贅沢な自分だけの空間に閉じこもっているだけで人と会う機会がなく、都会の狭っこい社会で他人と肩を擦り合わせて生きている人は、否応なくいつも他人の視野の中に自分を置くほかはない、ということになる。

人に見られる、という環境の中にいると、歩き方、食べ方、座り方、すべてが違って来る。繰り返すようだが、その人の美醜とは関係なく、である。背は可能な限り伸ばされ、足は二線上ではなく、一線上を歩くように意識的に動かされる。すべての人が体つきに欠陥を持っていると言っても構わないのだが、背の低い人、高すぎる人はその人なりに、太っている人、痩せっぽちはそれなりに、O脚、大根脚もそのままで、自分らしさを出そうとしている人は、きれいなのである。

服装に関心がないのはこの頃間違いだと思うようになった。若い人はまあいいとしても、お見苦しい年寄りが、身なりに気を遣わないなんて「公害」である。そして都会というところはほんとうはだらしなくしていたい絶対多数の怠け者（私もその一人）にも、否応なしに少しばかりの緊張を強いるところなのである。

§

東京は不統一の町であるという。

確かに東京は、ローマやパリやロンドンに比べれば、統一を欠く町である。ローマのあの温かい町の建物の人肌色は、どのようにして造られたものなのか。それは夕暮時に、人間が自分の手を差し伸べてその指の色に近いもので外壁を塗らなければならない、という制約があるからだ、と教えられた。

都会の建物の個性はこういう形で、抑えられる運命を持っている。しかし、個人の好みが抑えられる、ということが、没個性に繋がると考えるのは、浅はかなことである。もしそのようなことで失われるような個性であれば、それはどんなに保存しようとしても、生き残ることが不可能に近いほど脆弱なものだと判断してよいであろう。むしろ、個性というものは、圧迫されればされるほど、外部に噴出しようという圧力が高まるのが自然であり、都会の人間は、それを創造の原動力に使おうとするのである。

統一が強制されることは、地方の生活においても見られるところである。ただ、都会の統一は非常に低い次元で要求されている。つまり「共生」に必要な最低限の物質的な便利さや譲歩を市民に要求するのであって、思想やものの考え方、現実の生き方のパターンまでを統一しようというものではない。

つまり町の外観と機能を統一しようとはしても、それは決して、その人の内面に立ち入ることでもないし、そのようなことはまた不可能だと認識もしている。人々は職種によって制服を着るが、同じ制服を着たからといって、それらの人々が同じ考えをしている、というわけではないことは自明の理である。住宅地は建物の基準その他で、一定の約束事を承認するが、それはそこに住む人々の思想とも密接な関係のある、美的な表現にまで制約を加えるものではない。

時代と国家は、健全な状態にある限り、決して個人の深奥にまでは食い込めるものではない、というのが、その基本姿勢である。つまりそれは現実の問題として、常に歴史がそうであった、ということではない。弱い個人の生活は、各々の時代に、たやすく国家の権力や社会の状況に押し流されてきた。それでもなお、原則はそうなのである。

できるだけ抵抗せず、しかし自分だけは失わず、というのが、都会的な生き方の一つの理想の方向であろう。そして、都会人がかなり好きな生き方の姿勢の一つに、悪く言えば慇懃無礼《いんぎんぶれい》ということがありそうな気がしてならない。

慇懃と無礼を、慣用句だからと言って、一緒に使うところに問題はある。慇懃ということを本来の意味から敷衍《ふえん》して考えれば、深くかかわらず、激しく抵抗せず、という姿勢であろう。表立って抵抗するのは、何より野暮の骨頂で、それこそ礼儀を失するものだ。しかし黙っているからと言って、それで相手の要求をのんだ、というわけでもない。その姿勢が慇懃無礼なのである。

表面はほとんど抵抗なく統一されることを承認し、内面は極め付きの個性を全く動かされない。それが都会人の一種の願わしき状態と言うことはできそうである。

英語を話す庭師たち

地方紙というものが普通、いくつあるのか正確に調べてみたことはないけれど、主なものが一紙、或いは二紙、というのが普通ではないか、と思う。その一紙あるいは二紙が、政治的社会的姿勢を同じくし、声を揃えて一つの視線で書きたてるので、地方にいると息が詰まりそうになる、という人に時々会う。

それはつまりバランス感覚の問題なのだと思う。東京という町が世界の大田舎である面は確かに残っているが、それでも東京は、ニューヨークに、或いはパリに、或いは北京に、或いはモスクワに、或いはカイロに、或いはニューデリーに対比する都市として在るという感覚が、絶えずどこかに残っている。

しかし、地方では、自分の町がまず意識の中で全世界に近くなる。自分の町に関係のある事件は、住民の関心の九割を占める。

日本人に関係のある大きな事件があると、日本のテレビも新聞も、そのことだけを繰り返し繰り返し報道する。その日世界中が関心を持ったのは、その事件だけであるかのような気さえしてくる。しかしそういう時、CNN、BBC、アンテーヌ・ドゥ、北京放送、KBCなどの国際放送のニュース番組を見ていると、その自分中心的なニュースの受け取り方の感覚が修正される。

都会にいても、普通にしていたら世界の中の日本という把握が狂うので、人々はさまざまな方法でその修正をしている。新聞は全国紙でも不安だという人が私の知人には結構いる。そういう人たちは、英字新聞を読み、外国語の週刊誌にも眼を通し、総合雑誌で自分が知っているできごとを少し後からにしても、縦からも横からも眺めなおす。

都会でも、視点の偏りからは免れないのである。ましてや地方紙だけ読んでいたら、その比重が狂うのも当然であろう。車の免許を取れたとか、高校に入ったとか、習字の大会や編み物コンテストに入選したくらいのことで新聞に名前がでるような習慣は不幸なことである。もっとも、この点では、都会でも同じような甘さが見えるようになった。週刊誌が、東大の入学者の全名簿を載せたりし始めた。あれは悪い意味での地方性を模倣したものである。

もし日本だけを十倍に描いた世界地図を作り、いつもそれを見て暮らせば、おかしな錯覚が定着するであろう。地方紙だけを読むということは、日本だけを大きく描いた地図ではなく、さらにその県だけを拡大した地図でものごとを考えることである。これは、ほんとうに恐ろしいことだと思う。

或る時、私は文壇でも有名な歴史小説を書く作家と一緒に講演旅行をしたことがあった。先方では、有名な先生がおいでになるというので、郷土史の先生を待たせておいた。ところが私が驚いたのは、この有名作家がほとんどこの郷土史家を無視したことであった。見るに見兼ねて、私が郷土史の先生の教えを受けようと試みてもみたのだが、私はまたその土地のことにあまりにも無知なので、別の意味でこの先生のプライドを傷つけたようであった。この方はつまり「玄人」と「専門的な話」をするつもりで来ていらしたのである。ところが作家の方は、郷土史家と並んで庭園を歩くことも明らかに避けていたのである。

作家が郷土史家的な視点を避けた理由は、私なりに推測できる。その作家は、郷土史というものを、善意と努力に満ちてはいるが、やや自己中心的で、それゆえに、広い史的観点には取り入れられない要素が多すぎるので、敬して遠ざけた方が無難、と判断したのであろう。

一部の郷土史家というものは、なぜかいつも、紫の縮緬《ちりめん》の風呂敷に資料を包み、ベレー帽をかぶり、民芸風のネクタイをして「重箱の隅をつっ突いたような資料」を探しだして来て、それを過大評価している面があるという。自分の生まれた土地のことに詳しくなるのは自己愛、自己保存の情熱、自慢の一種と密接な関係にあるが（作家の私小説も全く同じである）、そう言えば多分相手は気を悪くするだろうし、善意の、しかもとにかく努力の結果ということは間違いないのだから、おとしめることは少しもない、と思って、歴史に既に一家言《いっかげん》を持つ作家は本気で対応することを避けたのではないか、と思われる空気であった。

愛郷心というものは、人間の自然だが、冷静なブレーキをかけないと、それは習慣的に自分を中心に据えた放射性の視覚を持つことになってしまう。私たちが、自分の生きている世界は、日本にとっても、世界にとっても、非常に重大な要素を持っているのだ、と思った時、もう既にどこか感覚が狂い始めている。

世界中の人が、自分の生きている社会こそ重大だと考えているのである。北朝鮮と韓国の人は両国の対立を、アイルランドの人はイギリスとの抗争を、イランとイラクの人は両国の戦いを、産油国は石油経済の成り行きを、南アの人はアパルトヘイトのことを、パレスチナ人はイスラエルの中でどうして国を造るかということを、それぞれ現在生きるか死ぬかの問題だと考えている。

そういう人たちの存在はあまり考えず、自分、自分の出た学校、自分の町、自分の町から出た偉い人、自分の県、自分の県の歴史の中で起きた事件、そういったものが巨大に捉えられると、それが日本史、東洋史、世界史の中では、多くの場合どれほど小さな事件か、バランスをとって考えることができなくなる。

むしろ我々は世界の中の日本、日本の中の何々県、何々県の中の何々市、何々市の中に住む自分、という形に収斂《しゅうれん》して考えることができた時だけ、初めて自分が所属する町やそこに起きた事件を、世界的なバランスの中において考えることができる。地球上を渦巻くそれらのできごとの中にあって、日本に生まれた自分というものを小さく小さく考えられることこそ爽やかな理性というものである。そしてこのような姿勢が保ちやすいのは、対立する情報がたくさん提供され、対立する考えがたくさんあるが故に、人とは違う考えを持っていることに対して、無言の弾圧を全く受けなくて済む都会の生活なのである。

自分を中心点に据えた放射性視線の中で、しかも自分の属する地域の考え方だけが正しい、自分の町の利益を主張することは当然だ、自分の土地だけがひどい被害を受けた、という姿勢で編集されたテレビや新聞を見たり読んだりさせられていると、理性的な人間は苦しくなって来るし、感情的な人間はますます安心してエスカレートして来る。

自分をその実体の過不足ない認識に応じて、静かに、小さな存在だと不安なく思えることは、都会が贈ってくれたすばらしい叡知《えいち》である。

§

都会人は団結力が弱い。それが裏目にでることもあるが、私は東京には「県人会」といったものがほとんどないか、あるにしてもあまり強力なものではないことを実にけっこうな傾向だと考えている。

都会には、雑多な価値観の人が集まっているから、基本的に団結しにくい。団結がことを解決する場合もないではないが、多くの場合、団結は個人を圧迫する。

都会的姿勢というものは、能力主義的判断に則《のっと》っているものである。組織が多くの人間を扱わねばならない以上、一々その出身を確かめている閑もないのである。それに、同郷だから優遇するなどということをしていたら、その会社や組織は厳しい競争社会では確実に落伍《らくご》する。どこの誰でもいい、家柄も素性も問題ではない。有能かそうでないか、だけが判断の基準になる。それほどに都会は冷酷で厳しい所なのである。

しかし県人会的な姿勢というのは「一蓮托生」を強いる。抜け駆けは許さない。同じ価値観を持たねばならないし、同じ扱いをされ、同じ運命を辿るのが当然と考える。それにも優しさはある。しかし——私はやはり、危険はあろうとも、自分の道というものを歩いてみたいのである。

§

都会は実力の世界である。浅ましいほど実際的である。人情もないわけではないが、それに振り回されていたら、組織は動かなくなる、と割り切っている。

知人が地方で仕事をした。この人は純粋の都会生まれ都会育ちである。

初めに建物を建てることになった。当然或る程度の入札で、有利な条件を出して来るところに仕事を頼もうとした。しかしそれは、その仕事の経緯を知っている人たちには、許されないことであった。この会社が建物を建てる時は、この建設会社が昔から請け負うことに決まっている、というのだった。

会社ができてからも、また都会とやり方が違った。調度から、食料品まで、買う所は決められていて、安くて物がいいから、今度はここから買おう、というような選択は許されなかった。

地方ではほんとうの実力社会は育たない、と彼はいささかの悪意を込めていう。都会ではその逆である。あの会社はいつも自社の製品を買ってくれる、と甘えていたら、いつかすっぱりと取り引きを切られてしまう。少しでもいい品物が安く供給されれば、仕入れのルートはあっさりと変えられてしまう。

家柄か、学力か、ということが、もし人間の将来を決める二つの対立的な要素だとすると、家柄で採用するという発想を、私は取らない。どんな家にどんなふうに育とうとも、その人が有能な人であることが採用の第一条件である。

考えてみると、資本主義は今や実力主義で、社会主義の方が、党員なら特権階級に入れる、というような意味で身分が重んじられる。そして都会は、実力主義の中心地なのである。

§

最初に書いたように、私が現在住んでいるのは、東京の西南に当たる住宅地で、大正十年頃に売り出された土地である。

私の父母がそこを買ったのは、昭和十年頃だというから、その当時の分譲住宅地というものは十五年や二十年、のんびりと売れ残っていたものらしい。

その町は、東京の或る電鉄会社が、当時のイギリスの町をお手本に作ったものであった。つまりその頃の日本には、まだほんの一握りの特殊階級（たとえば華族と呼ばれた人たち）しか自家用車を持っていなかったにもかかわらず、すでに車が通ることを考えに入れた道幅を持っていた。

そのほか、その町にはいくつか、住民の間の申し合わせ事項のようなものがあった。板塀《いたべい》はご法度で、その代わり石塀ないしは生垣という規約であった。それは第一に美観の上でそう決められたのだったが、それは後年日本が大東亜戦争に突入して、空襲を受けるようになると思わぬ威力を発揮した。その町にも焼夷弾はたくさん落ちたのだが、火事は石塀と生垣のおかげで一軒が燃えるだけで留まり、ほとんど延焼することがなかった。

今その町を見る人は、どの家にも樹木の多い庭があるので、その土地が、昔から林だったのではないか、と思うらしいが、私が聞いたところによると、そもそもは、丘のてっぺんに松の木が二、三本生えていただけの麦畑であったという。その土地に緑が多いのは、むしろ分譲地として売り出されてから、皆が庭木を植えるようになり、それが半世紀もたてば、いっぱしの老木になった結果のようである。どのような無味乾燥《むみかんそう》な荒れた土地でも、木を植えて二代待てば、すばらしい緑の土地を得られることが、ここでも証明されている。都会では緑さえも、人工的なのである。

人工の緑の特徴は、家々によって植えられた木が違うことである。我が家にはかなり年代ものの、春に紅葉するひねくれたもみじの木が一本あるだけだが、これも外から眺めて頂くという位置には植えられていない。

この町には〇〇さんのうちのしだれ桜、××さんの家の泰山木、□□さんのお宅のかなめ垣、△△さんの屋敷の辛夷《こぶし》という具合に、密かに町の名物になっているみごとな木があって、自分のうちにはなくても、季節季節には密かにその家の前を歩いて、楽しめるようになっている。そういう木のある家がほんとうの裕福な家なのだし、もし何かを誇りたいのなら、骨董のように密かに自分だけが楽しむものでなく、むしろ町の美観に寄与するものの方がいいような暗黙の了解があるようである。

或る年、この町の駅前に、高級な洋菓子屋ができた。風評によれば、はじめその洋菓子屋はごく普通に看板を上げた店舗を計画していた。しかし住宅地の真ん中に、看板を出すとはなにごとだ、という突き上げもあり、土地の人たちの感情に逆らっては商売もむずかしいと考えたのか、できあがった時は看板一つはっきり見えず、個人の家としか思えないような店になった。しかし結果的にはこの洋菓子屋は大変繁盛したのである。商売というものの本質を考えさせられるケースである。

この町には終戦後のおもしろい話がある。今でこそ西洋風の外観の家は日本の社会でも普通になったが、その頃はまだ私の家のように、古い日本家屋もたくさんあった。そして洋風の家は、ほとんど進駐軍の将校用の住居として接収されたのである。

そういう家の一軒を訪ねて、或る日一人のアメリカ人がジープに乗ってやって来た。しかし彼はめざす家を見つけられなかった。駅前はロータリーになっており、そこで数人の庭師としか見えない男たちが、バラの手入れをしていた。それでそのジープのアメリカ人は、自分の友人の家がどこかをこの「庭師」たちに尋ねたのである。

驚いたことにこの庭師たちは流暢な英語を話した。中には、オックスフォード訛《なまり》さえあるキングス・イングリッシュを喋る人さえあった。

日本は凄い国だ、庭師さえ英語を喋る、とこのアメリカ人が思った、ということを確かめる方法はないはずだから、この話はいささかつくりものめいたところがある。しかし事実ではないが、ある種の真実は伝えているだろう。この「庭師」の一団は、実は我が町に住む、もっとも知的な人々、通俗的な表現をとることを敢えて恐れなければ、経済的に金持ではないが、もっとも知的なグループであった。戦前にオックスフォードやケンブリッジなどの大学を出た学者、退役の高級軍人、海外生活の体験のある銀行員や商社マンなどであった。その人々は敗戦で生活も変わったが、もともと庭いじりは好きであったし、家で予《かね》てからバラなど育てていたので、金もなく荒れ果てた日本の、我が町の、せめて駅前くらいには、バラを持ち寄って移し植え、少しでも生活に潤いを持たせよう、と考えたのであった。

その当時、しかしそういうことが考えられ、それを実行に移せるのは、我が町のエリートだけであった。私の家など、とうてい経済的にも、精神的にもそれだけの余力はなかった。
「偉い人」が率先して労働をするということは外国ではよくあることであろう。今では
ロータリー・クラブやライオンズ・クラブなど、その手の奉仕の精神を謳っている団体
も多い。しかし今でも、損になることをするのは嫌だ、という人の多い中で、終戦後す
ぐ、そういう気風と信念を持ち込めたのは、やはり都会の自由な空気であったと思う。

小空間の主人

聖書の中にイエズスの私小説的な物語がある。

「イエズスは、そこ（ガリラヤ湖）を去って、郷里に行かれたが、弟子たちもついて行った。

安息日になったので、イエズスは会堂で教え始められた。聞き入る多くの人々は驚いて言った。

『この人はどこからこういうことを授かったのだろう。奇蹟をさえ行なう知恵を持っているとは。彼は大工ではないか。マリアの子、またヤコブ、ヨセ、ユダ、シモンの兄弟ではないか。そしてまた、姉妹たちは、わたしたちといっしょにここにいるではないか』

このように人々はイエズスを理解しようとしなかった。それで、イエズスは、『預言者が尊敬されないのは、自分の郷里、親族の間、またその家においてだけである』と仰せになった。そこではただ少数の病人に手を置いて治されただけで、そのほかは何も奇蹟を行なうことができなかった。そして、郷里の人々の不信仰に驚かれた」(「マルコによる福音書」6・1~6)。

ここには、故郷ナザレに於けるイエズスの一族の肖像が彷彿《ほうふつ》としている。いかにイエズスが当時のスーパー・スターであろうと、村の人たちは、自分たちと同じ村に育ち、どう考えても特に抜きんでているはずもないと思われるイエズスやその一族を、いつも身近に見ていた。

その中には、愚鈍な人も、病気の人も、人格の変わった人もいたかもしれない。その中の一人に過ぎない、村の青年イエズスが、ユダヤ教の教師といわれるラビをしのぐほどの革命的な論理を展開したり、奇蹟を行なったりするわけがない、というのが村の人たちの考えであった。というか、彼らは村の中から、特別に優秀な資質や能力を持った人間が出ることを許せなかったのである。これは純粋に嫉妬からでたものである。

この嫉妬と裏返しの感情が、村出身だからというのでやたらに贔屓にしたり、村の名誉だと考えたりすることである。しかし何よりも、一人だけ抜きんでる人間の出現を喜ばない気風も強いと私は思う。「ふるさとは遠きにありて思ふもの」という室生犀星《むろうさいせい》の詩も同じ心理を歌ったものであろう。

同じような人間の嫉妬心は都会にもあるのである。しかし同じ東京の出身だから、あいつなんかがそんなに優秀なわけがない、という言い方は、少なくとも都会ではなりたたない。都会にはどれほどにも、桁外れな才能がいるからである。

だから、都会人は他人の優劣に「ぽかんとしている」ところがある。つまりゆっくり少数を比較することに意味がないから、感情が尖鋭《せんえい》になる理由もない。いちいち比べたり、やきもちを焼いたりしようにも、比べるものが多すぎて何をどう比べたらいいのかわからなくなっている。その混乱がけちな嫉妬心を消滅させる。これが都会の自浄作用である。

§

「都会は派手だ」ということがよく言われる。もちろんその国で一番高価な美術品、宝石、毛皮、食器、家具、自動車、衣服などの最大のマーケットがあるのは都会であろう。また経済や政治の中心が集まっているために、高額のお金や大人数の組織が動くから、それに伴う消費が大きくなるのも当然である。

或る日、新幹線の新横浜駅から乗ったタクシーの運転手さんは、東京のタクシーと、横浜のタクシーとでは、お客の乗る距離が全然違う、と私にぐちった。横浜のタクシーは近距離をちまちまと走っている。しかし本来横浜のタクシーが走っていてもよさそうな（同じ県内の）平塚とか藤沢あたりを、夜になると、東京からのタクシーがぶんぶん走っている、という。

「銀座で飲んで、そのまま平塚や藤沢の自宅まで乗って帰っちゃうんだろうね」

私はけちだから、そんな長距離を自分がお金を払ってタクシーに乗ったことはないのだけれど、銀座から湘南のそれらの地域まで乗ったら、とうてい一万円以内では納まらない筈である。

いささか都会という場所に対して身びいきかもしれないし、また私の慎みにかけた悪趣味のせいもあるかもしれないが、私は派手であることをあまり悪いと思ったことがない。「適当」ということは、言葉の上ではありえても、実人生ではほとんどないに等しいものだから、適当に華やかなことは必ず派手に流れるものであり、どちらかというと地味すぎる、という精神の姿勢より私は好きである。

芸術も文化も、すべては何か今より激しく進もうとする意欲から出る。

人と会わず、厳しい沈黙を守り、自分たちで耕した畑で採れたものを主として食べ、長く眠らず、終生同じスタイルの慎ましい衣服を身につけ、という生活をしているトラピスト修道会のような世界も、実は決して尋常でも凡庸でもないから、マイナスの意味の派手ということになる。それは人に悪口を言われない程度に可もなく不可もなくあることをよしとせざるをえない面のある、地方の暮らしとは根本的に違う。

都会は、極限まで、衣食住の表現の可能性を自由に伸ばして構わない土地である。もちろん地方にも、古典的な日本建築、造園、陶器、漆、織り、染めなどの技術の粋を集めた衣食住の文化をよく見かけるが、都会では至るところで、なしくずしに、いつもそれらの技術を高める場を与えている。都会の購買力、需要がなければ、とても地方の技術的な水準を保ち切れない。

その最大の理由は人口の多さである。そのエネルギーが——たとえいささか過剰なものであろうとも——私は創造する力に結びつくものとして、好きなのである。

しかし都会というものは、本来決してけばけばしさの過剰な所ではないのである。けばけばしいものの目的は、けばけばしく目立つことで、相手を打倒することにある。しかし都会では、競争相手が多すぎるので、どれをどう打倒しても、それでこちらが勝ったということにはならない。そこで最初から自分らしく、自分にとってもっともいいことがいいのだ、という自己本位的なものの考え方が定着するようになる。ただ自分の評価する範囲において、自由に最高の表現を選ぶのである。

§

むしろ飾り過ぎということは、一つの非都会的な特徴と思われている。その代わり、まず第一段階として、機能美こそもっとも大切ということになる。なぜなら本来機能的なものというのは、人間への愛から始まっているものだからである。

時々、都会の機能性が人間を押しつぶすとか、機能的なものの中では人間性がないがしろにされる、とかいうような意見に出会うことがあるが、私からみるとこれはおかしな論理だと思う。なぜなら機能的であるものは、必ずその機能を使う主人を持っている。

つまり命令する主人を持たねば、本来機能は動かないはずのものなのである。そして言うまでもなく、その主人は人間である。

もし機能的なものが人間を押しつぶす、というなら、そういう人はどこに行ってもほんとうの意味で自分が自分の主《あるじ》になることができない人だし、必ず何かほかのものに押しつぶされるであろう。

下らない例を思いだした。

いつか或る官庁で、朝早くから会議が行われた時のことである。行ってみると会議室の中はまだ寒い。係の人が来て「暖房は九時からしか入らないものですから」と言訳をした。

しばらくすると暖房ががんがん入り出し、私のような寒がりでさえ暑いと思うようになった。私の隣の席は或る財界の方だった。その方は見るに見かねたらしく、自分の傍の背後の席にいた若いキャリアーを呼んで、

「暖房を少し調節してくれませんか」

と小声で言った。

彼は「はい」と出て行き、その結果、少しはよくなったような気もした。しかし三十

分もすると状態はまた同じようになった。私はそっとそのキャリアー氏の様子を窺ったが、彼は再び暖房を調節しに立つということはしなかった。そんな下らない仕事は自分の分野ではない、と思っていたのかもしれない。

するとと私の隣の財界人が今度は私にもう一度小さな声で言った。

「普通の会社だったら、こんな簡単なことを一度言われてフォローできないようじゃもうダメですがね。役所というところは、これで通るんですね。空調がきかないならドアを開けるという手だってあるでしょう」

そうすれば、部屋は涼しくなり、寒い廊下は暖かくなる。

この情景を思い出す度に、私は国鉄がＪＲになった途端、黒字になった理由がわかるような錯覚を持ってしまう。しかしいずれにせよ、偉いキャリアー氏は、自分がたかが室温を調節することさえできないことに平気だったのだから、自分が機能の主になれなくても平気な人というのは、意外と多いのかもしれない。

前にもちょっと書いた私の生活のことになるが、私は今からずいぶん前に書斎を建て増しした。それで約三十平方メートルほどの仕事場を作ったのである。

それは雑然とはしているが、私の好みが叶えられた部屋になった。三メートル幅の押入や天井までの書棚、出窓の下の書棚などをめぐらし、中央の床のコンセントから電気を取って、コピー機、ワード・プロセッサー、ファクシミリ、データ検索機、などを配置し、さらに書き物用の机と、安喫茶店風の丸テーブルを置いた。このテーブルは、気楽な来客と話をする時のためである。

天井はあのビスケットみたいな発泡スチロール風の素材、壁はグレーの布貼り、床はコルク。コルクは、柔らかく、断熱効果があり、醬油をこぼしてもコーヒーをこぼしても染みにならないし、お皿を落としても割れない。

この部屋だけが、私の家の中でほぼ完全な防音、空調の設備を持っている。

この機能的な空間で私は小説を書く、と同時にさまざまな道楽を楽しむようになった。ここでワード・プロセッサーに向かう時には、もう小説の筋は細部までできている状態だから、私は頭の中で完成した文章を、ただ何らかの方途で写し取る作業をするのである。

昔は万年筆かボール・ペンでその作業をした。それが今はワード・プロセッサーになっただけである。手書きならいいがワード・プロセッサーでいい小説が書ける筈がない、などというおかしな説を振り回す人もいるが、そういう言葉があったことを五十年後に思い出したら、ほんとうにおかしなものになっていると思う。私は生きていないからその楽しみは味わうことはできないけれど……。

ワード・プロセッサーは文章を推敲《すいこう》するための謙虚な機械である。それは、原稿を扱う人の眼を疲労させず、文章を何度でも練り直す際、幾つもの行程に亙って労力の節約になる。そしてできた原稿を送稿するファクシミリは、これまた他人の生活のテンポを乱さず、それでいて手書きのメモも送れるきわめて人間的な温かさ優しさをも残している機械である。

ワード・プロセッサーに向かう時、私は完全に生活から切りはなされなければならない。それ以外の時は、私は生活に塗《まみ》れて暮らしているし、その手の雑音がまた私の文学のためにも必要なことだと思っているが、一度仕事に入ったら、自分の精神の領域に強引に押し入って来る生活の気配は排除しなければならないのである。だから、完全な防音と空調が可能だということは、何より私の精神を自由に解き放つのに役立ってくれる。

職場に子供を連れて来るのが、新しい女性の当然の権利だ、などという説が討議されたこともあったが、いつもポイントがずれている。子連れででもできる仕事というのはアマチュアの、未熟練労働の領域においてのみ可能なのである。しかし少なくとも、小説程度の雑な専門職でも、仕事の時に子供を連れていたりしてできるものではない。男の厳しい仕事を考えれば、子連れでできる仕事などというのは、少なくともプロのものではない。ほんとうのプロの職場では、同じような厳しさで働いている他人への労りから、自分がかわいいからと言って子供を連れて行くような失礼はしないのである。

職場にもいろいろなものがある。頭や精神や神経をさして使わない単純労働の場合なら、それは可能だろうし、子供連れの婦人も働けるように社会は自然に整備されて行くと思う。私でも、畑仕事や草取りや食事の支度をすることなら、子供をあやしながらだって充分できる。しかし自分の子供を見ながらプロの作家と言われるほどの量と質の小説を書くことは多分不可能だし、仮に秘書が連れて来た子供を、私の書斎においておくなどという状態になったら、私はとても集中した仕事はできない。そう思ってみると、書斎はやはり聖域であり、戦場でもあるのだろう。

しかし私はワード・プロセッサーを叩きながら、クラシックを聴いている。「この作品にはこの曲」「今日はどうしてもこの曲」という具合の選択を許されるならば、音楽は明らかにないよりあった方がいい。

ＣＤの発達は私のそういう趣味を助長してくれた。この画期的なすばらしい音声は、今までのステレオやカセットによる音楽とは違って、少しも発想の邪魔にならないどころか、私の創作上の世界をこの上なく芳醇《ほうじゅん》なものにしてくれる。

私のそういう勝手な趣味を、この完全防音の部屋は、誰に気兼ねもなく叶えてくれるようになったのである。もちろん山の中の一軒屋なら防音材もいらない。しかし都会の人家《じんか》の直中《ただなか》で、小さな自分だけの空間を持てる贅沢というのは、また一味違った豪華さなのである。個人の世界が全く切り離されて保たれる部屋というものがどれほどすばらしいものか。

私はCDで音楽を聴くと同時に、室内が夏でも涼しいのを利用して、出窓でカトレアを育てるようにもなった。他にも頂いたセントポーリアを数年も生かし続けたり、小さな苗床に種を蒔いて発芽させる道楽も覚えた。しばらくワード・プロセッサーに向かったら、短時間花に水をやったり、芽を摘んだり、虫を殺したり、肥料をやったりという作業をするのである。

こういう不思議なコンビネーションがある限り、私は機能的なものに押しつぶされることなど考えられない。それどころか、私はこんな贅沢な生活をしていいのかと思う。仕事をしながら、日に数時間も音楽を聴き、都会にいながら園芸にも夢中なのである。

そのための費用はかからないではないが、多くの人が払い切れる程度の出費である。もちろん、自然の中で生活する方が向いている、という人もいるし、私自身もいつかこういう人工的な生活を一切捨てて、自然が私の感覚を圧迫するほどの厳しい山の中の土地で晩年を送ることを夢見る日もある。しかしおそらく惰弱《だじゃく》な私は、そんな辛い生活を実際には決して選びはせず、都会の小さな生温い自分の空間に潜んで生を終わるに違いない。自然の生活というものは、人間の中に、常に荒々しく立ち入る。それは、他人が立ち入るのと同じくらい煩わしいことだ、ということを、私はサハラ縦断の旅で覚《さと》ったのである。

都会は決して派手な所ではなく、ただ、めいめいが自分の最も必要とするささやかな生活の条件、望み、といったものを確保することに何の遠慮も要らない所なのである。しかし最高の贅沢というものは、その人の望むものが叶えられることしかないから、そういう意味で都会は、機能的、人工的な生活を愛する者にとっては、この上ない場所である。

窓の向うの家族団欒

総ての空間が、安っぽく人間の手で規制され計算されていて、しかも自由にそこから出て行くこともできず、内部には自然の片鱗《へんりん》もないという、最も願わしくない場所は、刑務所の独房の中だろうが、そういう特殊な例は別として、いつでも自由に自然の中に出入りできる、という自由を確保している限り、私は人間が日常住む所は、人工的な空間でなければ快くないということを、しみじみ感じている。

私は南極も、エベレスト級の高山も体験したことはないのだが、気温四十二度のインドの砂嵐や、サハラ砂漠の数千キロの旅は体験した。砂嵐が吹いている最中は、いかなることをすることもできない。外には数メートル先も見えないほどの濃い砂がたちこめ、あたりは暗くなる。人間はどこでもいい、一番近くの遮蔽《しゃへい》物の中に逃げ込む他はない。政治も経済も、恋愛も中断である、と言ったら「恋愛はできるんじゃないですか?」とわざわざ注意した男の人がいた。しかし微細な粒子の砂はアルミサッシの窓枠があっても入って来るのではないか、と思われるほどだから、さぞかし砂まみれの恋になることだろう。

三週間に及ぶサハラの旅では、私はおもしろい発見をした。文化とは何か、というむずかしい問題に、一挙に答えが出せそうな錯覚を持ったのである。

文化の恩恵を受けた生活とは、まず第一に、風、埃、寒暖、雨（サハラの場合は関係ないが）などの、自然を断絶できることであった。このようなものにさらされていると、少なくとも私は集中して長時間、構築的にものを考えることが不可能になったのである。

文化的生活とは何か、という条件の第二は、水平で滑らかな平面が身のまわりに存在することであった。サハラにいる間中、私は何日も机とか床とかいうものに触れなかったから、人工的な平面というもののもつ豪華さを忘れてしまっていたのである。そしてこのような平面が与えられない限り、人間は思考した結果を、書き留めるという行為からスタートして、それをまとめたり、記録したり、組み立てたり、組み換えたり、集大成したりするということがかなりむずかしくなるのがわかったのである。

第三の点は、これらの行為がいついかなる時にでもなしうるように、夜の時間が使えること、すなわち電気の供給がなされることであった。

サハラでは私は、星を見ながら眠りに入り、月光に洗われながら眠り続けるという豪華さを満喫したのだが、やはり読書とものを書く時間は極度に少なかった。

当節の日本の「地方」は、ミニ都会ばかりだから、日本全体が都会みたいなものなのだが、本来の都会という概念にまともに比較対照されるのは、電気も水道も下水も、時としては道もない原始である。私はこういうほんものの自然の中では、決して長く生きることはできないし、またできたとしても幸福ではない。自然の中で不自由な生活を送ることは、この限られた生涯で私の使える時間の浪費である。その意味で、私は決してナチュラリストではなく、純粋の都会人である。

§

私は決して眼があるほうではないが、年と共に次第に、貪欲に美しいものを求めるようになった。

美しいものには、明らかに二種類の存在がある。雄大な自然環境や、小さな精巧な花などに見える、人間の介入を超えて存在する美である。これは、信仰の立場から言うと、創造主と呼ばれる方のみが造りえたもので、いかなる人間もまだ、それらのものをもとから造ったことはない。

しかしそれに対して、絵画、音楽、建築、彫刻から、料理、衣服に至るあらゆるものの中に存在する洗練された芸術は、人間が司ることのできる領域のものとして、もう一方の極にある。そしてそれらのものにもっとも多く触れられるのが、都会の生活なのである。もちろん、東京のような雑駁《ざつぱく》な歴史のない都会ではなく、古い地方都市にこそ、伝統芸術の確かなルーツの残っているケースは多い。しかし相対として見て、都会でこそこれら人工の美に可能な限り多く触れられるのは事実であろう。

美的生活、というものは、決して一つの要素ではなりたちえない。それは芸術を総合できるところから始まる。

私はしばしば音楽会、芝居、舞踊などを見に行くが、オーケストラの指揮台というものはどうしてああも昔から策のない醜いものを、平気で使い続けているのか。なぜ演奏会のステージにはその音楽に合った花を飾らないのか。

と或る日同じ質問を或る演奏家にしてみたら、日本でそんなことをしようものなら、

「あの人は演奏のへたなのを、ステージの花でごまかしている」と言われてしまうのだそうな。何だかけちな話である。

音楽会にはほんとうは持っている中で一番いい服を着て行き、宝石のある人は盛大に身につけてもらいたいと思う。服も宝石も人に見られるためにあるのだから。いい服を着ると派手だ、と言われたり、「あそこの家の奥さんは宝石にうつつをぬかしている」ということが道徳的な悪として非難の対象になるような貧困な空気の所では、とうていそういう贅沢は望むべくもない。

音楽や芝居の余韻の残っている帰りには、おいしい料理を食べて、そこでまたいい話をしたいと思う。夫でない男とレストランにいたなどということがまたすぐ噂になるような土地では、とうていこういう精神の豊かさも味わえない。

そういう点は別として、東京の町は、食事に関しては実に困った所で、夜半近くまで開いているいいレストランを捜すのがなかなかむずかしい。

などと言っている私自身が、一体何をしているか告白しなければならないのだろう。

上野での音楽会の前などに、近くのトンカツ屋でご飯を食べ、ついでに通りがかりの、通称「アメ屋横町」で、ホッケの乾物の安売りなど買っている自分を見ると、私はまず自分自身の美的生活のアンバランスな現実に、何よりうんざりしているのである。

§

基本的な住居の整備が、そこに住む人間に快適な生活を約束する第一歩だ、と考えている都会生活者は多い。

家はどのような規模・スタイルであれ、夫婦の単位が空間的に確立されている所に住めることが基本である。できれば親とは別居がいいが、これから高齢社会になると、年とった親を見なければならないという夫婦も多くなるだろう。同居の場合でも、夫婦の部屋はきちんと整備されており、勝手に入って行くような不作法は厳禁である。話声がつつ抜けだったり、ドアに鍵がかからないような部屋しか、夫婦の居場所がない、という家はみじめだ、と都会人は考えるのである。

食事の時、お茶の時、違った世代が一緒になるのは、すばらしいことである。イスラエルでは土曜日の安息日には、遠い町に離れて働く娘・息子も必ず帰って来て、老父母と一緒に過ごす習慣がある。ホテルの窓から見ていると、向かいのアパートの部屋で、安息日の食事が行われているのが見えたことがあった。父親が無骨な手で家族の皆に葡萄酒を注ぎ、パンを大きく割って子供たちの皿に分けてやっている。いい光景であった。

その次が、できるだけ快適な諸設備を整えることである。どんな旧家の豪邸でも、室内が外気温に近いというような寒い家は、私にはみじめに思える。空調設備、防音設備、充分な給水・給湯・衛生設備は、居心地よい空間を作るために大切な三つの要素である。

都会と地方とでは未だにこの大切さの順位がかなり違うようである。

地方には、家の飾りで格を重んじる習慣が多い。立派な鬼瓦、贅沢な床柱を使った床の間、普段はめったに使わない広々とした座敷、彫刻のある欄間《らんま》、庭石、池の鯉など、高価なしつらえはあっても、客間の暖房は石油ストーブだけ、居間はそれに炬燵《こたつ》があるだけ、という家はけっこう多い。都会ではそれだけのお金があったら、まず家の中を快適にすることに使う、という発想が珍しくない。

浴室やトイレットは、法事用の座敷や厳かな客間よりも大切である。客などたまにしかやって来ない。しかし家族はいつもその家にいるのである。都会では、一軒の家の中で一番眺めがよく、日当たりのいい部屋は、家族団欒《だんらん》のための居間にする。地方の旧家などでは、それはめったに来ない客のためにいつも使わずに用意されている。

今から二十年ほど前、現在の我が家を建て替えた時、当然家具も新しいものにしなければならなかった。夫はその時家具屋に、それほど長く座っているのでもない客用のソファは安物にし、自分が一日座っている仕事用の椅子はいいものにしてほしい、と言った。そして彼はこのことを、客が来る度に話したのである。

それを聞かされた人の反応は、二種類であった。ほんとうにそれが当然だ、と同調する利己主義者も都会にはけっこういる。そうでない人々は、仕方がないから笑っている。しかしとにかくこういう話が、客に面と向かって口にできる空気が東京にはあるのである。地方だったら、冗談としても通用しないことが多いだろう。

§

何より何が大切か、という話は簡単でおもしろい。

嫁いびりは何も農村の「独占娯楽」ではない。都会にも硬直した嫁姑の関係はいくらでもあるが、やはり都会には少ないと思われるのは、嫁の体を労らないことである。

その家には、お金がないわけでもないのに、歯を治す許可がお姑さんから出ないので、まだ四十代なのに歯抜けばあさんのようになっていた東京近郊の農村の奥さんを知っている。

地方の大きな老舗の若奥さんになった人は、熱があっても横になることは許されなかった。どうしても辛くていたたまれない時には押入の中で隠れて休んだ、という嘘のような話があった。

嫁のためのおかずは残りものだけというケースも実際に体験した人から聞かされた。皆には鯖の切り身などついても、妊娠中の嫁の分としてはない。決して貧しい家ではないのに、である。私も人並に「いつか閑《ひま》を作って嫁イビリをやります」などと言っているが、こういうイビリ方だけは思いつかないだろう。仮に嫁は憎くても、生まれて来るのは、自分の血を分けた孫であろうに、と思うのである。この人は子供がお腹にいるので空腹は堪え難かった。しかたがないので、近くの実家に走って行っては、大急ぎでがつがつかっこんで凌《しの》いでいた、という。

こういうことを、平気で放置しておけば、農村の生活は評判が悪くなり、嫁の来手《きて》がなくなるのも当然だ、と思う。

都会では、何より舅姑の力がそれほど大きくはない。だから嫁にイジワルをしてやろうと思っても、嫁はさっさと逃げる方法を知っている。

つまり都会というのは、原則としてやはりものより人が大事なところなのである。ほんとうは嫁のためになど、ビタ一文も出したくなくても、命や健康に繋がることをけちしたり、そのための出費を惜しんだりすれば、社会的な制裁が加えられそうな気がするところなのである。

しかし地方には、人より大事なものがたくさんあるのではないか、と思う。家名とか、土地とか、しきたりとか、墓とか、家業とか、である。それが稀薄な東京の生活は、ほんとうに身が軽い。

§

家を守るという思想は、立派なのだろうが、都会人にはついていけない奇怪な発想に思われる場合もある。

それは決して、先祖や親に感謝の念を忘れている、ということではない。自分が現在、こうして生きているということは、すべてかつてこの地球上に生きた人と、同時代人のおかげである。それゆえに、自分もまたその時の流れに組みこまれ、同世代のために役に立つことを願うのである。

それは、大きく社会全体に感謝することであって、特定の「自分の親」に尽くすことだけではない、と考える。しかしだからと言って、親を捨てて省みないことが「都会風」だなどと考えることではないのである。

しかし長男だから、家と墓と仏壇を守るために故郷にいなければならない、と思うことはどうしても少し違うのである。

都会では、その人が、その人らしい能力をどこにいたら一番自然に伸ばせるか、ということだけを考える。そのために、最近では、親はできるだけ、子供とは別に住み、子供に自由な生活をさせたい、と願う人が多くなった。人にもよるが、私の友達などの中には、子供と住んで、子供に少しでも重荷になる生活を予定することなど考えられない、という人もかなりいる。しかしそう決意していたからと言って、自分が意識不明の病気で倒れることもあるのだから、そういう決意が、決して守られるものでもないことも知っているのである。

いつかこんなことがあった。

親しい友人のご主人が亡くなった後、彼女は全く落ち込んでいた。子供のない、仲のいい夫婦だったからである。

ご主人の死後一か月ほどたった時、私はアフリカのマダガスカルへ取材に行くことになった。一人の日本人の修道女が、そこの修道院の経営する産院で、助産婦さんとして働いていたのである。

私はご主人を失った友人に、一緒に行って、たとえ一月でも、そこで手伝いをして働いたらどうか、と言った。マダガスカルでは、そういう産院の手伝いに別に資格者でなくても働けることを聞いていたからだが、この友人は特に私にはない特技を持っていた。彼女は日本で、ちゃんとした産婆さんの免許を取っていたのである。

しかし彼女は行かなかった。ご主人の命日には日本にいて、お坊さんを呼んでご供養をしなければならないから、と言い張ったのである。

私の都会的な発想と彼女の地方的な発想がそこで露《あらわ》になったのである。

私は彼女が物見遊山《ものみゆさん》に外国に行くことはない、と思っていた。しかし彼女は、マダガスカルで命を救う仕事をするのである。それが亡き人のご供養にならないわけがない。

生きているうちなら、私たちは、特定の場所にいて、生身のその人の傍にしっかりとついていることに意味がある。しかし亡くなった後は、その人の魂は、偏在ではなく遍在するのだから（つまりどこにでも在るのだから）別に仏壇の前で祈らなくても同じである。むしろ、その人の思い出のためにも、人を助けることをする方がご供養になるだろう、と私は考えたのである。

どちらでもいいことである。しかし仏壇の在る所にいて法事をすることが、人を助けることより優先するという論理は、どちらかというと都会では稀薄である。

同じようなニュアンスを感じたことは他にいくらでもある。

たとえば、一家の中に、素行《そこう》のよくない娘や息子ができたとすると、都会では、その子自身のためにそのことを悲しむ。しかし「こういう娘（或いは息子）を育てて、ご先祖さまにもうしわけない」という言い方をする人は少数派である。

親の許さない相手と結婚を考えている娘がいるとする。彼女の考えは、ひたすらこの男と一緒になりたい、ということだけである。その時、障害になるのは、金銭や住居、勤め先の思惑などではある。しかし地方育ちの娘さんの中には、そういうことをすると、盛大な結婚式が挙げられない、ということに悩む人がいると聞いて、ほんとうに違うと思ったことがある。

都会では家の観念が稀薄だから、特別な旧家ででもなければ、結婚式というものにそれほどの意味を認めていない。「これも浮世のつきあい」「この程度のけじめは仕方がなかろうか」という感じである。

しかし地方では、冠婚葬祭は一生のハイライトなのである。都会では結婚式みたいなばからしいものはしない、という「良識派」もたくさんいる。

§

或る地方都市の小さな私立大学に勤めている知人の話だが、そこの大学生の殆どは、いいことも悪いこともしないのだそうである。親が近くに住んでおり、親戚の眼も光っており、その上同じ町の昔からの知人の総てが、同じような道徳・常識の上に立ってものを考えているのだから、とにかく非難されないような無難が一番いいということになる。

その結果、大学での彼らは、酒もあまり飲まず、パチンコやほかの賭博《とばく》もせず、女に手も出さず、本も読まず、好奇心も持たず、冗談も言わず、ふざけもせず、冒険もせず、隠遁《いんとん》もせず、未知なるものには手を出さず、朝寝もせず、夜更しもせず、浪費もせず、けちを通して貯金もせず、礼儀も尽くさず、無礼もせず、意見も言わず、自分も持たず、従順でもなく、という感じだという。

この手の青年はもちろんどこにでもいる。私からみると、こういう性格は、何か積極的に悪をなす性格よりももっと悪い。悪をなす方はそれをやめた場合、積極的にいいことをする場合もあるからである。都会の生活というのはこの手の安全第一の生き方をぶち壊す方向に力がある。

都会では、何か積極的にしないこと、行動の振幅の大きくないことは、悪と同じではないにしても悪に近い、ということが、普通のサラリーマンの生活を見ていてもよくわかる仕組になっている。物欲の塊もいれば、権力の権化もいる。いつ死ぬかと思うほど働く人もいれば、徹底して夢を食べて生きている貘《ばく》のような人物もいる。

総じて悪は人生のすばらしい反面教師である。だから悪の多い都市は、それだけで豊かな土地とさえ言えるのである。

ヘロデ大王の栄華

カナダのモントリオールは、おもしろい町であった。ここは同じカナダでも、フランス語を使う人たちが多いせいか、町の規模の割には垢ぬけたたたずまいがある。いわゆる地下の商店街も発達している。冬は寒気が厳しいので、人々の生活はどうしても地面の下に潜りがちになるのだという。

「私は実は長野の生まれで、かなりひどい雪にも慣れているつもりですが、この街で、いつか昼日中に吹雪に遭って、方向がわからなくなって、危うく遭難しそうになったことがあるんです。雪国に育った者がこうですからね。しかし街はよくできています。広いし、きれいでしょう。地下街は年中明るくて活気に溢れているし、これがほんとうに自然を征服した、ということかもしれませんね」

と話してくれた日本人もいた。

もっともこういう地下街で一旦火事が起こったらどうなるか、ということを考えるといつも恐ろしくなるが、いずれにせよ、雪が降ったら交通途絶、洪水がでたら川が渡れないということは、やはり惰弱で安易なことに馴れた我々の日常生活では、あまり願わしくないことなのであろう。

初期のジェット戦闘機の機能を表す場合、「全天候」という表現が使われた時代があった。今でこそ、戦闘機が天候によって使えないことがあるなどということは、よほどの場合でなければあり得ないということが常識になっているが、昔の飛行機は、民間の旅客機をも含めて、些細な天候の悪さでも飛ばなかったものである。

「全天候」ということは、快い生活の最低の条件である。原始生活では、夜は、乏しい油を灯して薄暗い光の中で生活するか、それともさっさと寝てしまうか、どちらかであった。つまり人々は夜の闇というものに抗し切れず屈伏していたのである。

夏は暑さの中で、冬は寒さの中で暮らすことが人間本来の自然の生き方であった。この頃自然礼讃の風潮が強いけれど、私は今でも快い生活というものは、毅然として自然を統《す》べ従えた時に得られるものと思っている。

もちろんそれは、人間が望んだ時に、望む程度に応じて自然の中に還ることを少しも妨げるものではない。つまり人間は自然と人工の間を出入り自由な状態でいなければならないのである。

サハラに行った時、タッシリ・ナジェールの岩絵を見に行くこともその目的の一つだった。アルタミラの洞窟と同じように、サハラにも、昔ここに人々が住んでいた時代に描いた岩絵が残っているのである。紀元前四千年紀の終わりから三千年紀の初めにかけて、中近東は気温が上がり、乾燥し始めた。その時、サハラもまた見捨てられた土地になったのだが、その時までは人が住んでいたのである。

岩絵を見るためには、自動車道の全くない砂漠ならぬ岩漠を、幾つものワジ（涸《か》れ川《がわ》）を横切って、二十キロ近くを歩かねばならない。それを二日ほど続けて、その間に岩絵を訪ねて歩いて、また戻って来る。荷物はロバが運んでくれているし、私などはほとんど手ぶらで歩けばよかったのだから、二十キロくらいの距離は大したことではない。夜はそれこそ豪華きわまりない満天の星の下で、砂漠の風に吹かれながら眠る。至福の時であった。

しかし私たちは二日歩いて目的地に着いたら、また二日歩いて帰らねばならないのである。帰りは車に迎えに来てもらおう、というわけにはいかない。遭難ということになって、それが運よく伝えられた時にだけは、ヘリコプターが迎えにも来てくれるだろうが、ロイヤル・ファミリーと呼ばれる人たちや、国家元首かそれに準じる人たち以外、砂漠の奥までヘリコプターで送り迎えをしてもらう、ということはできない。身内が危篤になろうが、同じ時間をかけて戻らねばならないのだし、当人が病気になれば、精々《せいぜい》でロバに乗せてもらって還るだけである。

「急病人を素早く病院へ収容できるような方法を講じるのは、国家として当然でしょう」という発想が日本では「常識」となっていて、離島でも僻村でも、この頃は、ヘリコプターや救急車が出動する。それこそほんとうに文化国家というものである。それがいかによくできた都会型のシステムかということは、サハラにいるとよくわかる。病人が砂漠で死んでも、その人の責任、或いは運命ということになる。こういうこともまた、自然保護主唱者は承認した上でのことであろうか。

私は利己主義者だから、少しくらい自然を破壊しても（その破壊を最小限に留めようと努力することは当然のことだが）電気や水道がいつも供給され、道が整備され、治安が確立し、通信・交通の組織がよくできており、さまざまな文化施設の恩恵にも気軽に浴することができる生活をしたい。人間が快くいるためには、ダニも蚊も南京虫もノミもシラミも殺さねばならないのだから、ついでに野鳥や野獣の生息地を「少し」奪うこともしかたがない、と考える。

休日のハイキング、森林浴、休暇村で体を鍛えながら暮らすこと、などは決してほんとうの自然と接することではない。それらは、人間に都合のいい程度に慣らされた自然だから、むしろ人工の（ふざけた）自然というべきなのである。

或る夏、私はメキシコとガテマラの遺跡を歩いた。考えようによっては贅沢な旅で、遺跡群の中心に在る大きな町のちゃんとしたホテルに泊まり、毎日車で目指す遺跡に出掛けるのだから、汗と埃まみれになって帰って来ても、お風呂に入れない事はないし、夜はノートをつけるのに必要な机も電気もあるのだから、ありがたいものである。

しかしこうした地方都市の町一番のホテルでも、冷房のないことはざらである。設備がないのではない。機械も設備もあるのだが、それを稼働させる能力がないのである。理由は、電力会社の発電機が一機故障しているので、町中に充分な電力の供給ができないから、冷房を止めるようにという指令が出されている、というような理由である。

この理由が真実なのか、それともホテルのいいわけなのか、私にはわからない。しかし、夜になっても、外気温がなかなか三十度をくだらないユカタン半島の夜は、やはり暑くて寝にくい。東京では私が、メキシコで優雅なバカンスを過ごしていると皆が思っているのだから、冷房なしの夜が暑くて眠れなかったなどということは「見栄を張って」隠しておこうかなどと思うが、時々軽い自律神経失調症を起こす私としては、夏にうんと汗をかくということは、実はまさに最上の健康法なのである。

我々は巨額の金を投じて、本州と四国との間に橋を作り、本州と北海道の間には青函トンネルを掘った。それまでは、この二つの島の間の交通も、決して全天候ではなかったのである。

まだ水中翼船などなく、ただ連絡船だけがあった頃は、四国の講演会に呼ばれている時だけは、前日に現地に入るようにしていた。もし当日、海が荒れて、宇高連絡船が出なければ、講師は何としても時間までに会場に着けなかったからである。

もっとも私は、宇野の駅で「もしかすると連絡船がでないかもしれません」と言われた時、青くなっている主催者側の心配をよそに、「船が出ないと、講演をしなくていいんだから、海がもっと荒れればいいのに」と考えていた記憶があるから、橋のおかげで、こういう怠けの理由がなくなってしまったのは、いささか困ることである。

全天候ということは、人間の行動が常に「予定通り」行われ得ることである。そして都会の生活は、大地震とか、台風とか、何かよほどの大規模の異常事態か災害が発生しない限り、いつでも、予定通り行動ができる、という全天候型の機能を持っている。

人生は予定通りではつまらない。登山の醍醐味は、その時々の気候や人間的状況と闘って、刻々の答えを出していくことだ、という考えにも大賛成だが、しかし社会全体が平凡に求めるところは、予定通りすべてのことが支障なく運ぶということなのである。とすると、それはやはり都会型の機能が的確に動くことだ、という他はない。

§

もう二十年以上前に、今住んでいる家を建てた時、私は二つのことを諦めていた。

一つは、建築というものは決して完全に自分の思う通りにはならない、ということと、見た目か機能か、ということになると、その二つは或る程度まで一致するが、或る程度を過ぎると対立するから、私としては見た目を犠牲にする他はない、ということであった。

第一の問題は、設計者がいる以上、私の考えもしなかったいいアイディアを出してくれることもあると同時に、どうしても私の意図がわからない、ということもあろう、という当然の事態を思ったからである。解決の方法としては、諦めることが大切だが、譲っていいたくさんのことと、譲りたくない少数のことを決めておくということが、設計者との関係をスムーズにすることではないか、と思った。

私が譲りたくなかった少数の点の一つは、家の庇《ひさし》の長さをけちらないことであった。庇の十センチや二十センチ、長くたって短くったって大した違いはないじゃないかと思うけれど、予算の点でもうんと違った。そして庇は短いのと長いのとでは、家の顔つきが違うように思えてならなかったのである。それは睫《まつげ》毛の長い人と短い人との違いのようで、私としてはせめて美女は無理でも、睫毛の長い人になりたかったのである。

それに庇の長さは「霧よけ」としての機能も違ってくる。

機能の根本は、暑さ寒さ、音、光などの外界の変化をまともに受けていたものを、人工の力でコントロールすることである。もちろん、こういう機能を持つ家は現代ではどこにでもある。しかし大雑把に言って、家の飾りに金をかける率が地方には多く、都会では機能に金をかけることのほうが多いように思えるのである。

たとえば、床の間や書院の造作に金をかけるというようなことは、都会の人間はなかなかなか思いつかない場合が多い。土地がないから、床の間や書院のある家を建てる面積がないし、建築費にも限度があって、とうていそんな趣味的な部分にまで手がまわらない。しかし地方の生活では、床の間というものは、決して空虚な建築上の飾りではない。それは家というものが支えてきた、人間的、文化的、社会的関係や要素を表すものとして、簡潔によくできた存在なのである。

恥ずかしい話だが、我が家の息子は十八歳で東京を離れて、名古屋の私大に学ぶようになった時、土地の友人の家に招かれて、初めは、自分が日本座敷のどこへ座ったらいいのかわからなかったという。私は畳の上に寝るのが好きなのだが、夫は腰掛ける生活がいいというし、私の家には床の間というものもなかったので、息子は日本人の癖に床の間文化を自分のものにしていなかったのである。

もちろん彼は間もなく、そこのうちのご当主がおられる場合、学生の、しかし客として、どの辺の座蒲団《ざぶとん》に座ったらいいかわかるようになった、と私に言い、私は少しほっとしたのである。

都会的建築の情熱は、まず便利さに向けられる。トイレが二つあることは床の間の贅沢に勝る、と思っている人は多いだろう。できれば、外国風に風呂も一つではない方がいい、と言い出した人もたくさんいる。私はシャワー好きだが、シャワーの水圧をあげるというような一見無駄なことに金をかけたがる。或る時、私が、

「うちのシャワー、お湯が力なくぼしゃぼしゃって出てくるだけなの」

と言ったら、

「それは気の毒ね。シャワーというものは、肌をうつようじゃなきゃね」

と言われて惨めさがましたように感じたことがある。

断熱・防音が都会では厳しく要求される。何しろ面積がないから、隣が近く、周囲が煩い所なのである。飛行機、自動車、オートバイ、電車、その他物売りの声、右翼の車がラウド・スピーカーで流しながら走ってる軍歌。隣家のピアノ。

隣のピアノが煩いからと言って、人殺しさえ起きるのが都会なのだが、断熱・防音材が比較的安くなったおかげで、都会の中に全く人工的な静寂な空間を造ることも、不可能ではなくなった。

それは雪の日に暖かい家の中にいるような幸福を与える。暖かい季節に部屋を開け放っている幸福と、それは少し違う。外が寒いからこそ、幸福の凝縮が、充分に暖房された部屋の中にあることを感じてる点では、北海道の住人の上を行く者はない。

外が煩いからこそ、中の静寂がこの上なく貴重なのである。

そしてそこがまた大切なところなのだが、ちょっとでて行きさえすれば、辺りには人と騒音が一杯ということが必要なのだ。好きな時に出て行って人と会って賑やかな音にまみれ、嫌になったら自分一人の静寂に戻る。わがままだが、快いことこの上ない。

外国型の生活を好む都会人は、欄間や書院の彫刻にかける金で、水まわりの設備を整えているという感じである。その際、風呂場やトイレでは風情よりも、温度・水圧・排水・排気、気温調節などが滞りなく作動することに留意する。便器に高価な陶器を使ってそれを自慢にしたり、トイレの床を総漆塗りにしたりするよりも、トイレの空間がいつも快適な温度に保たれ、いつでも水で清潔に流せるようにお金をかける方がどれほど願わしいかしれない。

一国の文化の度合を計るには、その国の代表的なホテルの排水の機能を見るのが一番早い、と思ったことが何度かある。水やお湯はちゃんと出ても、排水の能力の悪い国は、かなり多いものである。

しかし清潔な風呂場で、高い水圧の温度の高いお湯と、豊富な水量の水を、自由に使え、それがまた、少しの滞りもなく流れていくことの快感はたとえようもない。

そのことに早くから気付いていたのは、ローマ人たちだが、イエズスの時代にユダヤ地方を治めていたヘロデ大王などは、その欲望を思うままに生かした幸運な男であった。いや、彼を幸運というにはいささか問題がある。彼は病的な性格で、妻や子供たちを殺したりしたのだが、彼が作ったさまざまな建築物のうち、死海に望む要塞マサダは、今から二千年前も人間が同じ贅沢を求めていたことを示している。

高さ四百メートルの天然の台地を利用して作ったこの要塞は、北側に、三段の、それぞれに形も違い、壁画もある贅沢なテラスを持ち、水を確保するためのたくさんの貯水槽も設備されていた。当然、ヘロデはそこに浴室を作って「湯上りに」高見から死海周辺の絶景を眺めたのである。同じ時代に、羊飼いたちが、ほとんど体を洗わない生活をしていたのと比べれば、雲泥の差であった。

端的に言うと、人の直中で、静寂な空間のある家に住み、他の文化的な設備と共に、充分なお湯と水を、望む時に望む設備から望む所に望むだけ使える。志は低いが、そういうことが人間の幸福と、大きな関係を持つのである。それが比較的、庶民生活でも叶い易いのが、都会生活というものだと、私は思うのである。

渦中の人

私も人並みに分裂した性格で、パーティーは嫌いな癖に、ほんとうの隠遁生活というものを愛するほど自分が強い性格ではないことを知っている。つまり卑怯者のどっちつかずの心理なのである。

都会には常に「渦中にいる」のが好きな人と、好きではなくとも、そういう運命を持って生まれた人とがいて、その人たちの存在が私たちを楽しませてくれる。もちろんその「渦中にいる」状態も、けちな規模ではおもしろくない。

それは必ずしも政治的スキャンダルや、女性週刊誌のネタになるような人のことだけを言うのではない。私たちもの書き仲間の間で、一時、売れっ子ぶりによって住む場所は決めるべきだ、という(笑い話めいた)説があった。

東京にはテレビ局の大きなアンテナが三本ある、という。ほんとうは三本よりもっとあるのではないかなあ、という気がするけれど、いい加減な話というものには三と八の字がつきものだというから、そのままにしておこう。

最高のクラスの流行作家は、その三本のテレビ局を結んだ線の中に住む。こういう人たちは、いつでも新聞小説を抱えているから、ついこの間までは、新聞社の原稿取りのオートバイが来やすい距離の方が望ましかった。今はファクシミリだから、少し状況は変わってきたけれど。こういう人たちはまた、テレビにも始終出演するから、テレビ局と近い所に住むことは時間のロスを防ぐのである。

その次くらいに売れっ子の作家は、三本のテレビのアンテナのうち、少なくとも一本が見える距離に住む。こういう人たちは、必ずと言っていいほど、週刊誌の連載を持っているし、テレビにもけっこう出演するチャンスがあるから、テレビ局のアンテナの一本くらいは見える距離に住んでいてくれないと、関係者は不便なのである。

一番売れない作家は、その三本を結んだ三角形の外側に住んで一向に差し支《つか》えない。仕事のテンポとしても、書く雑誌のほとんどが月刊誌だから、のんきなものである。昔は小説を書きあげた時には、買物や映画を見にでかけるついでなどに、自分で原稿を出版社に届けたりしたものだった。それが、今では三十代の（若い）作家でもはるか遠い関西まで毎月編集者に取りに来させるという。私など信じられない威張り方である。いずれにせよ、月刊誌テンポの作家はほんとうにのんびりしていられる。私のように東京とは言ってももう神奈川県に近く、テレビ局のアンテナなど一本も見えるはずのない所に住んでいても、全く支障はない。

しかしこの「渦中にいる」という感覚が、やはり人間を奮い立たせるようである。私の知る限り「渦中にいる」人でも、静かで地味な性格の人はいくらでもいる。彼らは別にめだちたがり屋でもなく、権勢を張ることに夢中なのでもない。それはその人の望みというより、宿命的な状況なのである。

「渦中にいる」ことがどう違うのかと言われると困るのだが、「渦中にいる」ことはその人を輝かせる。ストレスという名で呼ぶ人もいるが、適度の緊張がその人を魅力的にするのである。

この三角形の土地は（もちろん抽象的な意味で）ニュースがいち早く集まる場所である。ニュースなどというものは、次の日にはもう古くなっているものだ。だから、別になければならないというものではない。

しかしニュースには（それに振り回されるという害毒に対する抵抗力さえあれば）不思議

と人間に若さを与える力がある。その証拠に、人間は老化すると、真先にニュースに興味を示さなくなる。私は三人の老世代と一緒に住んでそのことを発見したのである。「渦中にいる」人は、いい意味で体中がアンテナになっている。私が十秒かかることに対して一秒で反応を示すように慣らされている。私はこういう生きのいい人の姿を見るのが好きなのである。自分は……少し怠けている方がいいのだが、全世界の動きの波に洗われているような人を身近に見ていられるのは、理由なく快い。

§

都会、というところはさまざまなサービスを受け易い所である。

東京のどこがいい、という質問に対して、「何でもリースできるのがいい」という若者の返事をいつか雑誌で読んだことがあって、思わず笑ってしまったことがあった。恐らく私の想像を絶したものまで借りるのだろうと思う。

何年かに一度しか使わない海外旅行用の大きなカバンなどをいつも家の戸棚においておくのもつまらないからもっぱら借りるという合理派もいるし、礼服は一切作らず借りることにしている、という人も何人か知っている。赤ん坊が生まれても、ベッドからおむつまでリースという若い夫婦は決して珍しくはなくなった。私個人はどちらかと言うと、古風な地方的趣味で、祝儀・不祝儀の時、お客さまに出す一応の食器や座蒲団など、二、三十人前くらいは家に備えてあったら、どんなに贅沢な気分だろう、と思う。

しかし狭い家ではそれもできないし、座蒲団一つをとってみても、昔から私の家にあった大判の客用の座蒲団など、扱うのは重く、場所もとる上、綿が厚すぎて座って必ずしも心地よくないので、ついに先年処分してしまった。家で大勢のお客をすれば、疲れるのはその家の主婦だから、やはり生活は軽いほうがいいのだろう、と思う。

お葬式も、家でしない人が多くなった。団地にも、火葬場にも、お通夜用の貸し会場が設備されているから、そこですべて接待ができるのである。アメリカでもお葬式は普通はそういう葬儀用のホールを借りるのだそうである。

家で葬式をしないなんて、亡くなった人がかわいそう、という感覚もあるだろうけれど、私の知人のように「お骨というのは、つまりカルシウム」とはっきり言いきる合理主義者も、都会ではその存在を許されている。

先に書いたように、死ぬということは、もう肉体に制約されることがなくなり、今までその人の肉体は空間のどこかに「偏在」するほかはなかったのに、今は魂としてどこにでも「遍在」できるようになったことだ、と私たちキリスト教徒は解釈する。だから、葬式の場所などどうでもいいのである。それよりどれだけその人のことを心にかけるか、つまり祈るかだけである、と考えれば、生きている人を疲れさせないような葬式の方法が一番いいということになるのかもしれない。

都会では外食をするのも、料理を取るのも簡単である。渋谷、新宿、池袋、など副都心の繁華街を歩くと、どこで食べていいかと思うほどレストランが並んでいる。値段も高いのから安いのまで、自由自在。第一、どんなに贅沢をしようが、ケチをしようが、ほとんどの場合知人に知られることがないのが、精神にいい。

このごろはうちへお弁当を届けてくれるところもあるようになった。鰻から幕の内、洋風弁当など、丹念に捜せば、値段に応じておいしい店に巡り合うこともできる。ピザの出前などというのもある。私のうちは、奥さんと呼んでいるお手伝いさんがいてくれるので、ヒジキでも切干大根でもおからでも煮豆でも、必ず自分の家で作るけれど、作ってもいい、作らなくてもいいという選択の自由があるということは、貴重である。そして選択の自由が豊富な所は必ず、他人のやり方を道徳的に批判することが少ない、という風通しのいい精神風土を作る。

§

もちろん人にもよるが、この頃、都会では「マイペースで酒を飲む」ことが普通である。一応の礼儀として、お酌はするが、後は自分が飲みたい時に飲みたい量だけ注いで飲むことが、一番快適なことだということが、承認されるようになって来た。

しかし地方ではまだまだ、女は男にお酌をすることが当然であり、男同士の場合でも、主人側は客側にビールの壜《びん》やお銚子を持って注いで歩くのが常識だという空気が残っている。

ことにお酌の回数の多い日本酒では、自分の好きなテンポで酒を飲むことが許されないから、飲む方としても辛く、酒量にも無理がいって健康に悪い。

「まあまあ、そう言わずにもう一杯」

という酒を強いる科白《せりふ》は悪魔の言葉である。

また、地方で家庭に招《よ》ばれた場合、往々にして心をこめたすばらしい家庭料理を供されることがあるが、そのために、その家の奥さんは初めから全く食卓に就く意図のない場合がある。つまり女主人の席がないのである。

もちろんその結果はすばらしい。煮え過ぎず、冷めていず、客の私は、我が家では決して供しえないような心のこもった優雅な手料理を頂けるわけだが——私はその家に、別に料理を食べに行ったのではないのである。料理だけなら私は料理屋に行く。私がその家へ行くのは、そこの一家と会話を楽しむために行くのだから、奥さんが全く調理人として食卓につかないのは、どうしても落ちつきが悪いのである。

ついでに言えば、酒を強いることだけでなく、歌を歌うことを強いられるのも、都会的礼儀とは合わない。

なぜなら「強いる」という行為には二つの内在的な要素が匂っている。

一つは本当は自分がしたいのだが自分がしたいとは言えないので、代りに相手にそのことを強いている、ということである。つまりカラオケで歌いたいのは、ほんとうは自分なのだが、自分が歌いたいとは言えないので、相手に対して、こちらが歌って頂くという形をとるのである。しかし歌いたい時には相手が迷惑しても歌おうと思っているような都会人には、こういう強制は全く意味がない。

いつか地方の宿屋で、「少しでも偉そうな」客に色紙を頼むのは、色紙を頼まれないと自分がバカにされたように思う相手の虚栄心を満足させるために、本当は欲しくなくても頼むのだという話をきいて、やれやれと思ったことがある。

宿屋でせっかくくつろいでいる時に色紙など頼まれると、その瞬間に私はふと帰りたくなる。

§

夫と私は、将来もう少し時間ができたら、いろいろなことをして遊ぼうと計画を立てている。日本国内の温泉巡りもいいけれど、夫はとにかく町が好きだという。芝居（夫の場合は新劇かミュージカル）を見たり、本屋へ行ったり、展覧会や画廊で絵を見たり、喫茶店で若い女の子を眺めたり、とにかく無責任に物見高く生きられたらいいと思うのである。私にはその他に音楽会に行くという楽しみもある。

しかしもちろん人生は予定通り行くことはないものである。私たちがそんなに長生きするという保証はないし、先日、十年ぶりくらいに上野で展覧会を一気に幾つか見て、ひどくがっかりした。こんなに日本は繁栄し、音楽家などはすばらしい才能が出ているらしいのに、絵の方は全くひどいものが多かった。どうしてこんな程度の絵を入選にするのか不思議であった。

文学でも絵画でも、基本の部分に職人芸がれっきとして必要だと思うのだが、その地道な技術上の訓練をなおざりにしている人が多いのではないかと思う。デッサンができるとは思えない人が多すぎる。それとも、私は知らない間に海外であまりにもいい絵ばかり見すぎたのだろうか。

私は抽象的なピカソの作品にはほとんど感動できないのだが、バルセロナのピカソ美術館で、彼の抽象以前の時代の絵をたくさん見て、そのあまりにも写実的なデッサンの確かさに驚嘆した。

上野で展覧会を見る楽しみは、多くの画家たちが今のような甘えた気分でいる限り、あまりなさそうだが、それでも、都会はものを学ぶのにいい所だという人がいる。

「そんなに絵を見るのが好きなら、うちのデッサン教室にいらっしゃいよ。自分でも描いてみたらいいじゃないの」

と言ってくれる友達が早くも現れた（でもそれをやったら人の作品に、気楽にワルクチを言うことができなくなる）。

全く都会は、年齢に関係なく、ものを習うのに便利なところだと思う。それも、自分の好きな、おかしなものを習うことができやすい場所なのである。

たとえば、私が今、古代ギリシア語とヘブライ語など、聖書の勉強に必要なものを最初から学びたいと思うと、都会では、そういう迂遠《うえん》な学問を学べる場所がいくらでもある。私が将来、もう小説を書かなくなって隠居している一人の老女として、仏典、或いは、サンスクリットを学びたいと思いたったとしても、その方途は多分見つかるのである。

六十歳以上のみが入会資格を有する花のおばさまたちのフラダンス・グループがあって、新聞に何度かその写真がでたが、皆さま大変にスタイルもよく、若々しい。私が今からでも入れて頂きたいと思っているグループだが、六十歳が耳の脇にハイビスカスの花をさしてフラダンスを踊るなどという明るく楽しい、しかも粋な発想は、やはり非常に都会的なものだと思う。

私は臨教審の委員をしていた頃、生涯教育を研究する部会にいた。今後、政府は高齢者を教育することが、いかに割りに合う「投資」かますます理解するようになるだろう。

それによって、社会のお荷物になるボケ老人は減り、日本社会の知的水準は上がり、軽薄な若者が嫌がってしないような労働で老年がカバーできるものもかなり出てくるのではないか、と私は考えている。

臨教審の生涯学習への提案は、もちろんどこにいても、学べる状況を作ることである。しかしその学ぶ機会の選択は、やはり都会が比較にならないほど広いという事実は認めざるをえない。

§

戦前の日本は極東の島国で、決して国際都市ではなかった。多くの人が「外人」と口をきいたこともなければ、西洋料理もごく限られたものであった。

私の家のような典型的な庶民階級の東京の家庭での日常的な西洋料理は（以下のものが、西洋料理といえるかどうかは別として）、トンカツ、オムレツ、カレーライス、チキンライス、ハヤシライス（これは多分ハッシド・ライスの訛）、キャベツ巻、ジャガイモなどのサラダ、マッシュ・ポテト、ビフテキ、メンチボール（ハンバーグのこと）くらいなものである。支那料理は、チャーハン、酢豚、シューマイ、蟹玉、鯉の丸揚、ラーメンとは決して言わなかった支那そば、くらいのものだったと記憶する。

これでも、食生活としては進んでいたと言われたものだったのである。その証拠に、昭和初年頃、私の父は小さな企業の経営者で、「職工さん」と言われる地方出の青少年を使っていたのだが、その人たちが、東京に出てきて最初にぶつかる難関はライス・カレーを食べられるかどうかであった。当時の人たちは、今の若者が考えられないほど保守的だったのである。だから、ライス・カレーがつくと嬉しそうな顔をするようになると、その人はもう都会に順応したと見て、私の母などはほっとした、と話していた。

都会が地方に先駆けて世界中から見慣れぬものを取り入れて食べる第一の理由は、ここには新鮮な材料がないからだと思う。

その点について、確かにまだぴちぴち躍っているような魚は普通の魚屋にはないかもしれないが、東京の市場には全国から最高にいいものが集まる、という説もある。流通経路の整備と冷凍技術の進歩によって、東京に最上の「マグロのとろ」が行ってしまう、などということも耳にする。

しかしこういういい材料は高価だから、庶民はとても買う気にならないだろうし、ものによっては買おうとしても手に入らない特殊な市場に流れているものも多そうである。まあ、一般的に言って、都会に住む我々は、ほどほどの材料をほどほどの値段で買っている、と言うほかはない。刺身か塩焼にさえしていれば、三百六十五日食べても飽きないほどの新鮮な魚だけを当てにしていては、毎日の生活がなり立たないのである。とすると、後は料理である。

多くの地方人が「都会にはうまいものがなくて」と言う。それに対して、これまた多くの都会人が「ほんとうにそうですね」と口裏を合わせる。一面で確かにそうなのだし、食事の味の好みというものは人によっても違うから、敢えて反対して、相手に不愉快な思いをさせることもない、と思うのである。それで地方人は当の相手から保証を得たのだから、いよいよ安心してそう信じ込むということになる。

しかし人間が口にするもののうまさには二種類の要素がある、と私は考えている。

一つのうまさは、素材のよさを生かした味である。新鮮な刺身がその代表と言える。他にも掘りたての竹の子とか、新鮮な菜っぱのおひたしとか、早春の蕗《ふき》の薹《とう》の香とか、材料の魅力に頼るものは数限りなくある。

もう一つのうまさは、素材は素材としてそれに手をかけて素材が全く別の味と形状を持つまでにする「料理」のうまさである。その代表が、フランス料理のソースやパテなどである。何をどうしたら、こういう味になるのか、素人には全く推測することもできない。

時々おかしく感じられるのは「あっさりしている」とか「さっぱりしている」ということがおいしさの条件と信じている人が、（都会にももちろんいるが）地方に多いことである。

マーガリンの広告のために、自社の製品を食べてもらってその感想を聞いているコマーシャルがあった。するとここでも「さっぱりしていておいしいですね」というような意味の言葉が出てくるのである。

バターやマーガリンがさっぱりしていたら、何の意味もない。「こくがある」とか「味がまろやかだ」とかいうのならわかるけれど……。これらの言葉が通用するのは、日本料理の目指すもの（素材主義）と西洋料理と私たちが呼んでいるもの（技術主義）が目的とするものとを、混同しているからなのである。

多くの地方人は、材料で論じて地方の方がうまいものがある、と言う。すると都会人は私のような大人気無い人間でもない限り、めんどうくさいのでそれに反論しないのである。もちろん日本料理にも、文字通り料理のうまさはあるのだが、材料を最後まで活かす（見せる）ことを多くの場合よしとする日本料理と、これは一体、何をどうして作っているのかわからないようにするまで手をかけるのが芸術と思う方向にある西洋料理とでは、技術の占める比重は全く違う。

もちろん日本料理には、包丁さばきのような芸術があり、それを盛りつけ、給仕する際に必要な別の総合的な美的世界がある。しかし西欧人でも同じことは自分たちの世界にもある、と言うであろう。まず食事をする場所、それから家具、蠟燭《ろうそく》などの照明、銀器、陶器、酒を吟味すること、音楽、花、何より深い教養を要求される会話、などである。

だからこう言ったらいいであろうか。鶯《うぐいす》の糞で磨くことはあっても、素顔美かごく薄化粧の女性美をよしとするのと、文字通りお化け粧と言いたいほど技巧的にメークアップし、濃厚な香水の香に包まれた妖艶な美人をきれいだと思うのとを、好みを超えて優劣として比べることは無理だということである。

そして都会というところは、その熾烈《しれつ》な芸術としての料理が種々食べられるところなのである。

トルティーヤの魅力

食物と異質文化に関する適応能力との相関関係についても考えてみるとおもしろい。日本伝統の味以外のものは好きでない、ということは、素人の観察によると、多くの場合、その育った環境と密接な関係がある。

子供は白紙のようなものだから、その上に置かれた考えや文化をそのまま吸い取る、ということがよく言われるけれど、食物はまさにその典型である。

親が「ニンニクは臭くてどうも……」とか「お肉はくどくてね」と言えば、子供はまず、それを好きにならない。というより、たいていの親は自分の嫌いな食物を口にするチャンスを子供に与えないのだから、好きになりようがない。

とは言っても人間の好みというものはれっきとしてあるから、私の息子の家庭のように、親たちは世界中のどこのものでもおいしがって食べているが、孫は内心は日本食が一番おいしいと思っているケースも当然でるのである。

私たち夫婦は、夏休みに文化人類学の教師をしている息子と彼のお嫁さん、それに六歳になる直前の孫と一緒に四十日間、メキシコ、ガテマラ、ジャマイカ、アメリカ合衆国を旅行したことがある。普段同居していないので、彼らがどんな生活をしているのか、正直言ってあまりはっきりとは知らなかったのである。

息子は、自分の子供に、もっと幼い時から、外国では一切日本の食品を口にすることを許さない、という教育をしていたらしい。それは、私たちが、息子が幼い時に命じたのと同じ言葉なので歴史は繰り返すものだとおかしくなったのである。そのせいか孫も辛抱強い子で、どんなにおいしくなくても、黙々と与えられたロースト・チキンなどを食べている。ロースト・チキンという代物は、世界中どこにでも存在する、実に安心で無難な食べ物である。

私たち夫婦も外国では、全く土地のものしか食べないのだけれど、今度ばかりは孫がかわいそうになって、二回だけマイアミとニューヨークでお鮨を食べに行った。

しかし孫は、決して日本食だけを食べたがっているのでもなかった。メキシコでは普通のパンと土地の人たちが食べている焼きたてのトルティーヤと呼ばれる玉蜀黍《とうもろこし》粉の薄焼ホットケーキとの二つが並んで出されていると、必ずトルティーヤの方に手を出している。このトルティーヤは一種独特の匂いがあり、私などはやはりどちらかというと普通のパンの方が食べやすい。しかし孫がメキシコ人のようにトルティーヤが好きになったのは、彼の父親が、

「うまいなあ。こんなうまいものないよ。日本でトルティーヤを焼こうとすると、なかなかこういうふうには焼けないんだよなあ。僕はメキシコに永住しようかなあ」

と言うのを聞かされ続けているから、大好きなお父さんがあんなにおいしいと言っているものは、きっとおいしいに違いない、と思ってトルティーヤとの関係をスタートしたに違いないのである。

ワシントンでは、私が提唱して、ホテルの傍のインド料理を食べに行った。私は何回かのインド取材の間にすっかりインド料理が好きになり、向こうでは菜食主義者としてインド料理しか食べなかった。そのほうがホテルなどでは美味しい食事にありつけることがわかって来たからである。

息子一家はまだインドへは行ったことがない。それにもかかわらずこの奇妙な一家は、休日には神戸のインド・レストランへ行くのを楽しみにしていて、料理なども私よりりよ

く知っている。インド人が聞いたらおかしな気がするかもしれない。日本へ一度も来たことのない外国人が、好物は納豆と揚出し豆腐とサンマ、と答えるようなものだからである。

人間、何でも食べられるほど強いことはない。ニンニクでも、トウガラシでも、蛇でも、蛙でも、食べられないよりは食べられた方が、行動半径が自由になる。

もう四半世紀以上も前のことになるが、ブラジルを取材した時、まだその頃は盛んだった農業移民が、成功するかどうかの鍵は、ブラジルの食物を食べられるかどうかだと話してくれた人がいた。

その人の話によると、どの国にも、その風土に合った食べ物があるのだそうだ。だから、ブラジルに来たら、その土地のものを食べなければならない。その当時、アマゾン河流域に入った人たちは、草原にいるダニや原生林の中にいる凄まじい蚊と闘って生きていかなければならなかった。これらの虫にくわれると、当然のことながら痒いから掻きむしって傷だらけになる。それが膿む。

その傷が治って働けるようになるか、それともそれをきっかけに体力をうんと失ってしまって、早々と落伍者になるかどうかは、ひとえにその人の食生活に係わっているという。体力を保つのは摂取している栄養による。つまり土地の食物をどれくらい食べられるかによるのだ、と教えられたのである。

こうなると、食物に対する順応性は好みの問題ではなく、生死や、その後のその人の運命を左右するものにさえなる。そしてそれができるようにしておくことは、一つの大切な教育なのである。

更に私の独断と偏見を付け加えれば、外国の料理を食べようとしない人は、まず語学が上達しない。そして語学の才能は個人の人間関係がどれほど柔軟であるか、とも比較的密接に関係しているように思う。

もちろん例外はいくらでもあるが、うんと都会から離れた土地で、こういう「異物」「異料理」を食べることは、現実問題としてむずかしい。都会の無定見な暮らしは、その分だけ、子供たちを広い環境で教育しうることがありがたい。

§

昔、羽田空港がまだ国際線のたった一つの出入り口であった頃、同じ区内に住む私の家から外国に出るのは、時間的にも非常に簡単であった。もっともその頃と今とを比べてみると、航空機の速度が速くなっているから、やはり現在のほうが目的地に早く到達できる。

数年前まで、私は取材のために度々長野県下の山の中にあるダムの建設現場に通っていたが、そこへ行くより台湾に行くほうが、もしかしたら時間的に早いのではないかと度々思ったものである。同じ頃、東大が宇宙ロケットを上げている鹿児島県の内之浦へも折にふれて見学に通っていたが、内之浦へ行くよりは香港へ行くほうがずっと時間も短くて行ける。

都会は、地方と結ばれているのと同じ感覚で外国と結ばれている。このことは意外と、そこに住む人に或る解放的な意識を与えていると思う。もちろん都会にも外国嫌い、横文字には関係ないという人もたくさんいるが……。

都会に住む者にとって、「今度出て行くもっと広い場所」は外国なのである。しかし もし私が地方に住んでいたら、差し当たり出て行く所は都会ということになる。もちろん地方からいきなり外国に移り住んだ数多くの人たちが、都会人にはない強靭《きようじん》さと柔軟さで、外国の異文化にみごとに溶け込んだ例はたくさんある。最終的には個人差であることは言うまでもない。

ただもしかすると、地方から都会へ出るより、都会から外国に移り住むほうが楽かもしれない、と思えることは、いろいろな意味で便利である。

目に見える範囲ではもちろん日本と外国のほうが差異が大きいのだけれど、精神的には地方と都会のほうが、同国人として違いがわかるだけに却って心理的に厄介という場合すらある。

それは次のような理由による。外国へ出て行って仕事をしたり勉強をしたりする場合、私たちは初めから「よそもの」なのだから、ルールを知らなくても、暮らし方がおかしく見えても、当然という気分がある。しかし都会から地方へ来た場合などは必ずしもそうはいかない。日本人なんだから、これくらいのことは知っていてもいいんじゃないか。こういうことは常識なのに、都会の人って何も知らないねえ、と言われるのが怖さに、妙に頑張ってしまう人がけっこういるのである。

反対に地方から都会へ来た人も、ほんとうは楽ではないだろう。都会は人が多すぎて「他人ばかりの寄り集まり」という感じだし、故郷の人々の眼は、あの人は都会に行ってどうなるだろう、と興味津々で後を追っているから、それに応えるためだけでも、羽振りがよくなったように見えることが必要である。

しかしどちらかと言うと、都会から地方へ逃げ出すということは、楽そうでいて、実にむずかしいことが多い。しかし地方から都会へ、更に都会から外国へ、と逃げるコースは、人が思うより楽な要素がある。

§

都会には料理だけではなく、さまざまな医療機関がある。

病院のことではない。病院ならむしろ地方の方に設備のいい総合病院が設置されているケースがこのごろでは多くなった。

そうでなくて私が言っているのは、鍼灸《しんきゅう》とか指圧とか整体術とか漢方薬療法とか、その他もろもろの、西洋医学に対して傍流の医療的な施術をする場所のことである。私はこの手の健康法が好きで、しかもよく効く体質なので、それらが自由に選べてかかれるという点で、都会とは実にありがたい所だと思っている。

五十肩やムチウチ症を一年も二年も我慢するなどということは、私のように気も短く、しかも毎日働かなければならない者にとっては、とてもできないことである。上手な整体の先生に、それも早い時期にかかれば、それらは文字通り一回で治る場合が多い。

私のように生まれつき眼の構造のよくない者は、すぐ頭痛に苦しめられる。そんな時一々頭痛薬を飲んでいたら、中毒になってしまう。私の場合、薬の代わりをしてくれるのが鍼《はり》なのである。その鍼師さんもうまい人が東京にはたくさんいる。

これらの「先生」のところには、隠然たる著名人がたくさん来る。隠然たる、というのは、その中の多くは、体の不調を公にできない立場の人たちである。作家のように、自分の慢性の頭痛が、独特の文学的世界を構築している、などと言っていられる気楽な人種ばかりではない。

たとえば新興宗教の教祖さまは、普段から信者たちに、病気は信心が足りないからだ、と言っている手前、自分の健康の不調は直隠《ひた》しにしなければならない。

政治家もそうであるらしい。健康管理のため、という程度ならばいいのだろうが、やはり少しでも健康でないという印象は、世間に与えたくないようである。

そういう人たちは、できるだけこっそりとこういう治療所を訪れるか、それともやはり世間体を恐れてこなくなるか、である。ほんとうに気の毒だと思う。

ふと考えたことだが、天皇家の方たちが、こういう療法をなさりたくても、それは拒否されるか、ごくお忍びでしかおできにならないだろう。天皇家は旧家としてトップの格にあるからである。

旧家というものは、本質的に地方的なもので、その保守的な性格には目的より手段が大事という要素があるから、天皇家でなくても侍医という感じの固定した医師の選択を持っている場合が多いように見受けられる。その医者が、あからさまな権威主義と拝金主義の権化でも、昔からその人にかかっていたというと、どうしてもその人なので、もっといい医療方法があっても、気軽に試してみるということができない。

そういう意味でも、都会の庶民は、どんな療法・健康法も気楽に試してみることのできる幸せを持っている。

§

都会のネオン・サインは昔からみごとなものだった。それはただ単に、けばけばしい広告というだけのものではない。それは、都会が活き活きと活動していることの証拠である。

かつてオイル・ショックの時、省エネのためにあちこちで照明まで暗くした時にも、一見無駄以外の何ものでもない、と見えるネオン・サインだけは、ついに消さなかった。それは実に賢明な心理作戦だったと思う。

ネオン・サインを消せば、人々の心理は落ち込み、経済活動も不活発になる。社会主義国に行けば、ネオン・サインなどほとんどないか、あっても侘しいものである。私たちはその土地の経済の指数を、軽薄にネオン・サインの輝きの量で計るが、それは意外と正確なのである。

都会の物々しい光景——例えばデモやサミットの時の機動隊の出動風景とか、天皇ご不例の時のマスコミの動きの激しさなどは、もっとも都会的な光景である。あまりの激しさに、当事者の中には過労で死ぬ人まで出るほどだが、サッカーの試合でも、興奮した見物客がしばしば死ぬように、それは一つのもっとも都会的な快楽だという面がないと言ったら嘘になるだろう。

そういう時、人々はあらゆる組織の中で極限まで自分を働かせている。私のように「よく続くわねえ、偉いわねえ。さあ、うちは早く寝ましょう」などという怠け者には、とてもその高揚した気分を理解することができない。

そこには退屈の影もない。人々はすべて歴史の一駒を自分が作っていることを知っている。退屈に耐えられる人は偉人であり、退屈は人に深い思索をもたらすが、同時に退屈がないということほど、ささやかな幸福もないのである。多くの事件を抱え込む都会は、その分だけその軽薄な幸福の分け前に確実に与《あずか》っている。

未亡人を慰める

昭和天皇ご不例以来の、マスコミを見ていると、都会では、天皇という存在に対する重さが、どうも地方と違うようだ、と感じたことが多かった。

一九八八年九月、天皇陛下がお倒れになった時、私の知る限りでも、数人の知人が外国から旅程を切り上げて帰って来た。どうして？　と聞くと、外国の在留邦人や移民さんたちから「こういう時だから、早く帰りなさい」と勧められたのだという。

私は吃驚《びっくり》した。私だったら決して予定を繰り上げて帰ってきたりはしないだろう、と思った。なぜかと言うと、それが、むしろ私の慎みだと思うからである。

私は天皇家とどこかで姻戚になっているというのでもない。或いは陛下のご病気の治療に必要な特殊な血液型の持主というのでもない。陛下に限らず、どなたでも、私の血が必要とおっしゃるのであれば、私はどこにいても、総てに優先して帰国する。しかし私としては何もすることがないのに、勉強や遊びの予定を切り上げて帰国するということはないと判断するのである。私は一人の国民であるに過ぎないのだから。

何もできない時は、そっとしておく、という空気が都会には強い。普通の人の場合でも、ただでさえ忙しい病人の家庭には、見舞いなどであまり煩わせない方がいいと思ったりすることとさえある。花一つでも、うっかり贈ると、そのための世話で、付き添いの人はもっと疲れてしまう。

どうしても贈りたいという場合でも、この頃はかなり考えが変わって来た。根っこつきの花を贈ると「寝つく」を連想させるからいけない、という不思議な判断が昔は主流を占めていたものである。しかしこの頃、都会では長く眺められる鉢植えの花の方が却って病人を元気づける、という見方がかなり浸透してきた。

ほんとうにそうだと思う。むしろ、命を切断してある切花を病人に贈るなどという方が、私は失礼だと思う。それが萎《しお》れるのは、数日のうちだ、ということが眼に見えているというのに。

その点、鉢植えの花は、無理な育て方さえしなければ、数日で枯れるということはまずない。それどころか、蕾はほころび、若芽は伸び、うまくすれば来年も咲かせ、さらに株分けして増やすことだってできる。

病人が自分の身近で、生に向かうものの姿を見るということは、大変大切なことなのである。だから、子供や孫の写真を眺めたり、金魚を飼ったり（戦前、私の父が入院していた東京・築地の聖路加病院では、お見舞いに頂いた熱帯魚をちゃんと飼うことが許されていた）、こういう花が蕾から咲くのを見る、ということは、回復に大きな力を与えると思う。

話は脇にそれてしまったが、陛下に対する思い入れも憎しみも、地方の方が強い、ような気がする。天皇制についていささか批判的なのではないか、と思われる作家が、皮肉にせよ、私などが使う気にもならないほどの最大級の古典的敬語を使って、私よりはるかに頻々《ひんぴん》と陛下のご不例について触れているのをみると、私などこの方と比べたら、ほとんど皇室の問題について無関心に近いのではないか、と思わせられたことが何度かある。

恐らく都会の生活では、戦前からだって、天皇陛下が「神」である、などという発想の濃度はかなり薄かったのだろうと思う。それに、個人主義が発達しているから、天皇陛下万歳」と言って死ぬ人は少なくて、最後に何か言うなら「お母さん」と言う人が多い、とか、覚めた話が、いやでも聞こえて来ていた。

都会には、早く言えば、これ一つぶち壊せば、決定的に自分の人生も世の中も変わる、などというものはない、という考えの方が多いのである。もちろん、私たちは誰も皆弱いものだが、一方、自分の行為の最大の責任者は常に自分。そう言って悪ければ、自分の選択の要素の全くない人間の行為などというものもあるわけはない、と考える。そうすれば「並みはずれた権力」などというものに対する認識も、自然に薄くなってくるということだろうと思う。

平たい言葉で言えば、都会的人間は、慎ましさに欠け態度が悪い。しかし自分の行為は人のせいだ、とする狡さも比較的少ないように思う。

§

昔、地方の知人が、飛び込み自殺をしたことがあった。

はっきりした理由はない。お金に困っていたとか、ひどい病気があったとか、子供のことで心配ごとがあった、というような外面的な理由は一つもなかった。

奥さんも、いい人で、子供たちも、むしろ親思いのよくできた青年たちであった。

もちろん、心の中に不安や苦しみの影もない、という人は——いるかもしれないが、例外であろう。だから、この人の中にも、人にも言えない辛い苦い思いがあったとしても、そんなことは「世の習い」の程度である。

私たちはその死を聞いた時、

「そりゃ、初老性鬱病だわ」

と言ったのである。私は初老性鬱病の病理をよく理解しているわけではないけれど、ホルモンのバランスのくずれか、何かで、人間が感情のコントロールができなくなる年頃というのがあるらしい。精神科のお医者さまともっと早くタッチして適当なお薬をもらっていたら、こんなことにはならなくて済んだのではないか、とそれだけを皆は悔やんでいたのである。

鬱病、ストレス、不眠などというものは、都会なら、今や風邪並みに社会に公認された平凡な病気である。つまり誰だってかかる可能性のある病気というわけである。だから、解釈もドライになる。

「ボク、この頃不眠でねぇ」

などと言うのがいても、

「じゃ、夜、読書するとか、徹夜麻雀すればいいじゃないの」

などと、慰めもしない。鬱病など、知的で誠実な人がかかる病気だ、というような暗黙の了解があるから、

「鬱病なんてガラかねぇ、あいつ」

などという台詞まで聞いたことがある。

もちろん自殺は誰にとってもショックだが、だからと言って、それは深刻な事態というよりも、むしろある年代をうまく乗り切れなかったケースという感じである。

しかし地方で家族が自殺すると、残された人々は、都会では考えられないほどの推測・憶測・陰口の対象になるようである。それはもう、土足で人の家の座敷に上がりこむような無礼さだという。誰もがかかる鬱病という純粋に生理的な病気によって自殺したというふうには考えない。遺族に対して、実に残酷なことである。

そういう時、都会だったら、解決の方法もかなり違うような気がする。

まずそのことに積極的に触れて、遺族の人の気持を楽にしようという親友が、必ず何人かはいそうである。しかし地方では、そういう時、核心に触れる会話やお悔やみは逆に失礼になるから、むしろ触れずに時間が経つのを待つというのが、世間智と思われて

いるようである。勢い遺族が受け取るのは、どれもこれも、型に嵌《は》まった儀礼的なだけで、心の温かさの伝わってこない弔問《ちょうもん》の言葉だけになる。

都会流の考え方によると、そんなことをしていたら、寂しい未亡人は、そのもっとも困難な時を、一人で耐えなければならない。初七日が来なくても、四十九日が過ぎなくても、未亡人が一人にならないよう、電話をかけたり、密かに食事に招待して励ましたりすることほど、いいことはない、とこの頃私の周囲では皆思うようになった。しかしまだ世間には――特に地方では――たとえば未亡人が四十九日も過ぎないのに、友達に誘われたから、と言って外出するのは慎みに欠けることだ、とするような空気があるようである。

都会的な判断によれば、悲しみと不安と（時には怒りにさえ）うちのめされている未亡人を慰めるのは、できるだけお葬式の直後、不眠不休の看病の疲労が一応とれた後、毎夜、一人だけになると、寂しさにいたたまれなくなる時期だ、と私などは考えるのである。

人間の悲しみは、日一日と薄れるものなのである。だから、未亡人が一番苦しいのは、お葬式から初七日が過ぎて四十九日まで、或いは百か日まで、あるいは一周忌までなのだから、私たちが遺族に介入するのはできるだけ早い時期がいい、と思われる。

しかし地方的常識によれば、遺族や未亡人というものは喪に服しているのだから、少しでも遊びととられ易いようなことに呼び出すなどということはもっての外ということになる。賑やかにしてあげたり、死者を忘れるようにしてあげることは、非常識の極《きわ》みと取られるのである。そして多くの未亡人や遺族が、ほんとうはそうしていたくないのに、世間の目を恐れて、そのもっとも辛い時に家の中に閉じこもり、苦しみをごまかすということも許されない。

もちろん都会にも、喪中だから外へはでない、呼び出さない、というような「常識」がないわけではない。しかしその手の「常識至上主義者」の眼をごまかして、ほんとうに悲しんでいる人の立場に立って行動することが、都会では実行しやすい。

私なども、今までにどれほど、喪中の人と話したり、失っていた食欲を回復してもらうためにその人の好物を食べに連れだしたりして喜んでもらったかわからない。つまり、都会はそのような「みそかごと」が自由にできる土地であり、たとえそのことが「発覚」しても、周囲がよってたかってその非をなじるということもないところなのである。

§

都会に高層建築が多いことも、そこに独特の心理を生む。

人間は普通なら、地上一メートル五十センチか、それより少し上からしかものを見られないものなのである。

しかしそれでは満足できない人間は、竹馬に乗ることや、木に登ることや、登山をすることを思いつき、そこで神に近い視界を味わうことを楽しんだのではないか、と思われる。

しかし都会の摩天楼《まてんろう》というものは、誰にもいながらにして、人間でありながら人間を離れた視点を持つことを可能にした。

私たち夫婦は、東京タワーに上る趣味がある。もちろん高い所なら、新宿副都心の高層ビルの一つでもいいのだが、東京タワーから見える景色の方がなじみが深いのである。

私たちは、そこで、自分たちや知人たちに関係のある場所を捜して楽しむ。誰かが働いている会社、住んでいる家、私たちが行ったことのある場所。

地上を移動している時には、けっこう遠いと思っていた二つの地点が意外と近距離だったり、誰それさんの家は東京のどれほど得難い最後の住宅地にあるのだから地価が高いのも当然だと思ったり、昔あの人とあの人がロマンチックな思いで歩いた道がこんなにくだらない所だったのかとケイベツしてみたり、こんどあそこに見えるレストランで食べてみようと決心したりするのである。

しかしいずれにせよ、私たちが自然には見ることのできない高みからものを見るということは、人間の意識をずいぶん変えるのではないかと思われる。

不思議なことに、高みからものを見ると、健全な感覚の人間なら、謙虚な気持になる。自分が蟻並みの小さな存在だ、ということがわかるからである。

反対に普通の高さからしかものを見たことがないと、人間はともすれば背伸びしたくなり、その結果思い上がることにさえなる。だから、都会のビルというものは、けっこういい精神の解放と発散をさせる場所なのだと思う。

ただ、私自身は高層ビルの上の方の階に行く時は、一種悲壮な気分になっている。途中で大地震が起こってエレベーターの中に閉じ込められたらどうしよう、などとくだらない心配をするのである。

高層ビルというほどではないが、ホテルの十四階の部屋に泊まっていて地震を経験したことがある。全く不思議な揺れ方であった。

私の家のような高度の低い建築物の場合、建物はぎしぎしという感じで小刻みに揺れる。しかし十四階では、一、二、三、四、五とゆっくり数える間くらい、私の部屋は一方に傾き続けた。止まった所で立とうと思っていると、こんどは反対の方向へまた一、二、三、四、五、と傾き続けるから、とても立ったり歩いたりすることはできない。

地震のエネルギーは、人間の判断や意志を超えた力だということがよくわかった。以来、地震の時、うまく行動するということを半分諦めている。それを教えたのが高層ビルである。

§

都会では、結婚式、葬式、金婚式などと言った一連の冠婚葬祭が、その家の好みによってどんなやり方ででもできるし、当然、地味にしたいと思えばそれも可能である、という自由がある。

私の家では、私の母と犬の母と二人が亡くなった時、秘密葬式をやった。血の繋がりがあるか、昔から大変親しかったほんの数人の人以外、誰にも知らせなかったのである。どうしてそういうことが可能だったかと言うと、白黒の幕も忌中《きちゅう》の紙も張らず、その僅かの参列者も平服ということを守ってくれたからである。

葬式は、その家にとっては大事件だが、参列者の多くにとっては、義理で来るだけなのだ、ということを忘れてはいけないよ、と私の母は遺言のように言っていたのである。しかし地方ではこういう勝手なことができない。それどころか、葬式に参列するようにわざわざ電話で「側近の人」から要請されたこともある。

年末で皆仕事が恐ろしいほど詰まっている時であった。そこへ「何とかしておいで頂けませんでしょうか」という圧力をかけるような言い方をされたのは、この時が初めてであった。

参列者は暮れの忙しい時に、東京から一日をつぶして、交通費もかけて行くのである。出席します、という人にでも、暮れでお忙しいのですから、くれぐれもご無理をなさいませんように、と言うのが都会では礼儀である。しかしそういう態度は皆無で、何とかして人を呼び集めようという意図がみえみえであった。こういうのを都会では「野暮」というのである。

しかしこれも考えてみれば、葬式と結婚式は何としてもはでにやらなければならない、という社会の圧迫があるからだろうと思うと、とても非難はできない。

結婚式のお祝いの額も、地方と都会とでは違うように思う。もちろん長野県のように、新生活運動に則って香奠《こうでん》は一律五百円、お返しなし、という合理性を貫いているところもあった。

しかし一般的に見て、このごろは、二万円くらい包んで他にちょっとしたものをお祝い品としてつけるという。

それを聞いていた都会の若い女性が、

「わあ大変、それじゃほとんど会費制の結婚式と違わないじゃありませんか。会費制なら初めからはっきり会費制とおっしゃったほうがいいのに」

と言っていた。

都会では、クラスメートが結婚する時、お金など包まないやり方が多い。困っているのでもない相手に、お金など包むのは、むしろ失礼なことだと、私なども言われて育ったものである。同級生の結婚には、五人とか七人とかで、お金を出し合って、七万とか八万とかする外国製のティーセットなどを贈ったりしている。

いずれにせよ、都会ではそんなに結婚式や葬式にお金や時間をかけもしないし、人にもかけさせないようにすることができる。それこそ人に対する礼儀の基本と考えるからである。

心優しい「殺人鬼」さま

最近、ほんとうに粋な話に出会った。私は連載小説に、若い女ばかりを狙った連続殺人事件を書くことにしたのである。推理小説ではないから、私はこの事件の犯人、つまり人から「殺人鬼」と呼ばれる主人公の内面に踏み込むことになる。

問題は挿絵であった。とは言っても、こういう場合苦労するのは、絵描きさんで、私は原稿さえ渡してしまえば、人さまのご苦労など、知らん顔をしている。

ところで、絵描きさんは、知人の中に一人、この人ならこの小説の主人公にうってつけ、と思われる人物に心当たりがあった。甘いマスクで、なかなかの美男子、つまり文句なく女にもてるタイプだという。職業は、広告代理店の経営者、と聞かされた。

「モデルになってくれませんか」というところまでは、昔から知り合いだったので簡単に言えた。ところが、今回に限って、もう一言嫌なことを付け加えなければならない。

「実は、そのう、主人公というのが、殺人鬼でして……」

と言いながら、絵描きさんは、半分くらい断られることを覚悟していたのではないだろうか。

ところが、この方は、全く平気だった。

「それはおもしろい。やりましょう」

ということになった。

私はその話を聞いた時心から感激してしまった。これはもう、何とも言えない、余裕とユーモアのある粋な話で、我田引水風に言えば、全く都会的な楽しさに包まれた結果なのである。

ということは決してこの方が、都会人である、ということではない。私はまだこの方のご出身など何一つ聞いていない。実際は、れっきとした地方出身者なのかもしれないが、この遊びの精神こそ都会でなりたつという手のものだ、と思う。つまりそこには、ものごとを「くそまじめ」に受け取り、「総理大臣に似ている、と言われるならいいけれど、殺人鬼の顔に描かれるのは困る」などという野暮な発想は皆無なのである。

絵描きさんは多分、この方を上からも下からも左からも右からも、スケッチをするか、写真を撮るかして、いろいろな表情を自家薬籠中《じかやくろうちゅう》のものにされたのだと思う。

聞くところによると、この方は、小説の中で「殺人鬼」が登場する場面の挿絵は切り抜いて持って歩き、皆におもしろがって見せていらっしゃるのだと言う。

それで皆も笑える。何だかしらないけれど、或る人が、素人芝居で、舞台に立った時のようなものだ。知人の男が、フレンチ・カンカンに扮してスカートをまくりあげながら必死でラインダンスで脚を上げたりすれば、誰でも皆、おかしくて笑いがとまらない。

それと本質は全く同じなのである。

しかしそれでも、殺人鬼となると、これは地方だったら「そんな人のモデルになるのは嫌でないかね」という発想が必ずどこかから出て来るのである。

私は感激のあまり「殺人鬼」さまを囲んで、一夜感謝の会食をすることにした。その前に、主賓の「殺人鬼」さまに、お食事のお好みを伺った。ご陪食《ばいしょく》にあずかる我々は、一切文句をいわずに、この主賓の好みに従うべし、という心境である。

すると、早速返事が返って来た。

「肉と名のつくものは、野菜の中に小さく刻んで入っているのもだめ。お魚は頂きます」

何とも心優しい「殺人鬼」さまではないか。

§

都会がいかに開放的かということは、たくさんの人々が、いかに突飛なファッションを着ているかを見るとわかる。

私はそれが美的かどうかを判断する任にはない。美的感覚は人それぞれのものだし、いかなる人も、自由主義を標傍する国にあっては、性的な表現の制限の基準を越えない限り、服装は自由であっていいのである。

しかしそうは言っていても、正直なところ、服装には必ず主観がつきまとう。好みの無い人もない。だから、私から見て、時には「眼を覆うような醜悪」と思われるファッションを着て歩く青年たちがいないではない。

その手の流行の先端を行く服装をする人たちは、ほとんどは地方出身者だ、と言う人もいる。たとえば、最近では、だぶだぶのズボン、古くさい「外套《がいとう》」と言いたいようなこれも大き過ぎるオーバーを撫で肩に着る流行などである。

都会には、常に流行の町と言われる地域があるが、彼らはそういう町をそういうファッションで練り歩く。

　私はこういう青年たちと知り合いになったことはないが、多分彼らがそういう服装を努力して身につけるのは、都会的だと見られるためだろう、と思うのである。ところが、皮肉なことに、自然に都会の住人だと見られるためには、そういう先端的な服装をしないことが、第一条件なのである。もちろん例外はあって、後に世界的なファッション・デザイナーになるような人は、そんなことにお構いなく、強烈な服装をしていたのかもしれない。

　なぜこういう身なりが「野暮」と見られるかというと、そういう服装は、人間の軽薄さ、不安定な心情、自信のなさ、ものほしさ、背伸びする心の姿勢、すぐばれる自己顕示欲、などの現れと受け取られるからである。

　簡単なのである。都会で都会人と見られるためには、普通にしていればいいのだ。たとえばジーパンに普通のシャツといった姿なら、東京の人として少しも不自然ではない。

　都会の住人の考える上質のファッションというものは、どんなにデモンストラティヴなところがあろうが、どこかに慎ましいところがなければならないのである。それが「洗練された」という言葉に当てはまるもので、それらは、とうてい一朝一夕には身につかない。私のように一応都会に生まれ育っても、先天的にその才能に欠けている者もけっこういるが、普通そのような感覚は、多くの場合、都会の直中で成熟するものなのである。

それでは、たとえば東京で、もっとも都会的な人に会うにはどうしたらいいか、というと、そういう人にはなかなかお眼にかかれない、という気がすることがよくある。ニューヨークやミラノやパリのファッションを着こなしている人は、割りと簡単に見ることができる。しかしそれも、決して有名な原宿の竹下通りにはいない。

ほんとうに流行を超越して、気品のある服装をしている人は、特殊なところでしか見ることができないらしい。それは、意外と慎ましい教会の集まり、特殊な関係の個人的なお茶の会や夕食会、一種の国際的な慈善団体の運営委員会、天皇ご一家の私的なお付き合いの範囲、とかいうところに現れる方々で、おそらく公的な宮中の宴会でも、大使館のレセプションでもあまり見られない人種というものが、都会には存在していそうに思うのだが——私もその世界に所属しているわけではないので、はっきり断定してしまうこともできないが、彼らを簡単に見ることはできない、というのはほんとうである。

ファッションの町と言われる原宿について語ると、二十年前には、その町は私たちの憧れの土地であった。しゃれたブティック、高級なレストラン、落ち着いた優雅なマンションなど、すべて「ハイクラスな生活」と言われるものが揃っていたのである。

しかし今ではそこに少しずつ変化が現れ始めた。

私の知人でその町に住んでいたのは二家族である。どちらもけたはずれの経済力と、偶然のことながら、美的感覚において並みはずれた贅沢な感覚を持ち合わせている家族であった。

しかし現在その二家族とも、既に別の土地に移ってしまったのである。それは、原宿がもはや洗練された「東京の町」とは言えなくなり、もっとはっきり言えば、一歩家を出れば否応なく眼に入って来る醜悪なファッションを毎日見て暮らすことに耐えられなくなったから、というのがほんとうのことらしい。

しかしこの軽薄なファッションのすべてが悪いということはない。醜悪という特徴によって目立ち、密かな侮蔑を受けてその存在を確立する、という生き方も、私から見れば、一種の確固とした自己主張の方法であり、都会は比較的寛大にそういう行為を許しもするし、何よりそういう行為にデリケートな反応を示すのである。

この点は非常に重大である。地方では、奇異に感じられたり、「派手」だったり、常識に反したりする服装をすることは、不可能に近いか、できても、心理的に大きすぎるエネルギーを必要とする。そのために払う実質的な犠牲――往々にして、その人の品性にまでレッテルが貼られるという被害――もまたかなり大きい。しかし都会では、かなり過激な服装でも、地方ほどには人目を惹くこともなく、それに対する社会的なリアクションもなく、まかり通るのである。

§

その人の日常ではっきりした選択と思想があっても、その表現はあくまで密やかであるべきだ、ということが、都会では一つの美学だという点をもう少し敷衍したい。

この場合、重大なポイントは、他を恐れたり悪く言われないために妥協して、密やかであることを選ぶのではない。

よく見るとそこには、深い配慮も、生活上の意図も、はっきりした個人の趣味の選択も感じられなければならない。しかし十メートル離れたところから「異様な」人物が歩いて来た、と思われる芝居がかった大仰《おおぎょう》さを都会的なセンスは嫌うのである。

一般に、保守的な服装というものもまた、長い年月をかけて作られたものだ、ということである。つまり時間と歴史への、知的な認識、人間的な尊敬、成熟した謙譲などというものの結果である。それは、私たちが古い歴史を持つ地方都市へ行った時、趣味のいい着物を来た婦人たちによく見かける安定感の中にも現れている。

しかし主に洋服において、流行を超越して保守的であるということには、それなりの意味がある。外国的で保守的な服には、私が今でも懐かしく思われるものがある。

私は全く平凡な日本の家庭の常識しか持ち合わさない戦前の庶民の家に育ったが、私の通った学校には、イギリスなどで幼時を過ごした同級生が何人もいた。そういう人たちの影響を受けて、私たちも子供の時には、イギリス風のチェックのスカート、白い木綿のブラウス、金ボタンのついた紺のブレザー、紺か白の膝下までの長いソックスという服装をよくさせられたものである。

白ブラウスには、ピンタックやしっかりしたレースをつけることもあった。髪のリボンは白、焦茶、黒、紺などの、木目のでた張りのあるものを使った。靴は黒が普通だった。どんな古靴であろうと、ぴかぴかに磨いてあり、踵《かかと》の減ったところをきちんと直してあれば、折り目正しい服装だとされた。しかし踵を踏みつぶしてはいたりしようものなら、ひどく叱られた。

都会では今もこれと同じ服装をしている少女に時たま出会う。少なくとも、半世紀くらいはこういう服装は変わらないのである。

流行を追うことそのものがいけないのではないが、それにすぐ食いつくことは浅ましいことだ、というのが、都会に生まれた者の身についた姿勢になっていることが多い。それは、単に服装に関する姿勢だけではないのである。そのような生活態度を通して、私は少なくとも、先端的なもの、皆がそうだそうだと一斉に賛成の声をあげるものに対して、踏み留まり、懐疑的になることを教わった。流行の服装をし、ベスト・セラーの本を買い、皆がゴルフをすればゴルフ、皆がハワイに別荘を買えば自分も買いたい、と思うような生き方にだけはならずに済んだ。

しかしこの付和雷同《ふわらいどう》という風潮に抵抗する習慣を、私は決して自分の強い精神からではなく、都会型の生活からいつのまにか教えられたように思うのである。

§

都会はたくさんの人の目のある所である。このことは大きな意味を持つ。それは社会性ということと同義語だからである。

人間が幼時から、刺激によって育つということは明らかである。人間の子供に、理想的な食事や環境を与えても、もし周囲にいる育児の担当者が、誰一人抱きもせず、喋りかけるということをしなければ、その子が知的に順調に育つことはまずないだろう、と思われる。

もちろん村の生活には、都会よりもっと濃厚な人の目がある。しかしたくさんの都会の無責任な人の目は、価値観の多様性そのものなので、そこから、人は自分に合った生き方を選ぶことができるのである。

都会人がきれいだという面をあげれば、総じて姿勢がいいことである。

それは、履いているものとも関係がある。

同じ年頃の女たちを比べると、都会の女性たちの方がハイヒールを履いている率が多いと思うが、洋服を見場よく着こなす二つのキイは、できるだけ踵の高い靴を履いて歩くこと、と、日常コルセットないしはそれに準じた下着できっちりと体型を整えることである。

この二つができていれば、どこも締めずに、低い踵の靴を履いて歩く場合より、必ず着こなしがよくなっている筈である。ハイヒールを履いて猫背になり、内股に歩くということはなかなかむずかしいのである。

また、これも比較の問題だが、都会の人々は速く歩く。せかせかと表現する人もいるが、速く歩けるということは、能力として若いということだから、速く歩ける人はやはりきれいに見える。

都会の人はあまり大声を出さない。これは不思議である。煩い所に住んでいるのだから、大声で喋ってもいいようなものなのだが、大声を出しても相手に聞こえない（物理的に心理的に）場合がある、と知っているから、逆に大声を出さないのではないかと思う。大声で喋るということはどうもあまり恰好のいいものではない。耳が悪い人が大声になるのは仕方がないが、声はいつも控え目の方がいい。

文化というものは、後姿の美ではないか、と思うことがある。背後に批評眼の高い、それでいて決して余計なお節介などしない人の目があると思う時と所に、文化は発生するのである。谷間の道を一人歩くのでは、後姿に気を使う必要など訓練されない方が自然というものであろう。

愛の証しを見せる人々

油煙斎《ゆえんさい》永田《ながた》貞柳《ていりゅう》という人は大坂の菓子屋の主人であったという。彼の作った狂歌に有名な六匹の猿が読みこまれたものがある。

「何ごとも見ざる聞かざるいはざるが
　よござるとさる人も申しき」

人が何をしようともうっかりかかわったら大変なことになる。見なかったことにし、聞かなかったことにし、言わなかったことにするのが、世渡りの知恵というものだ、ということである。どこに六匹の猿がいるかというと、見ざる聞かざるいはざるまで三匹、よろしいですという意味の「よござる」に四・五猿が含まれ、「さる人」は「然る人」でここに一匹、合計六匹だそうである。くだらない技巧もあったものだ。

この狂歌は「世間にはこういう計算高い世渡り上手もいますが、あきれたものだ」という批判を含んだ作品とはどうしても読めない。他の人もそう言ったし、自分もそう考えているという「わけしり」の狂歌である。

そしていくら狂歌とはいえ、こういう作品を発表して、狂歌の大家といわれる人がいるということに、私などほとほと驚嘆する。というのも、今でも古い町にはこれと全く同じ生き方をしている人によく出会うので、これは近世の思想でしょう、とも言えないのである。

私の育った社会では、とてもこんな狂歌はいくら狂歌でも恥ずかしくて発表できない。いやこれは、狂歌になっていないから困るのである。ユーモアもなければ、反語でもなく、ばかばかしくさえない。浅はかな世間智がひけらかされているので、白けてしまう。もちろん現在の東京という都会にも、この要素が皆無ではないのだが、こういう処世術と計算を正面切って認めるか、認めないか、ということは、その土地に(その家に)大きな違いをもたらす。

これと対照の位置にある人生観としては、

「義を見てせざるは勇なきなり」

というのがある。そして少なくとも、私の家庭では貞柳のような心情は、変な喩《たと》えだが、恥部を丸出しにして歩くヘンタイ男を見るような眼で見られて来たのである。しかもそれをややお得意気にされると、悪趣味以上なのである。

私はわがままだった父と、最後まであまり心をうちとけられなかったのだが、父を思い出して今でも誇りに思うのは、父が差別に関して自分の意見を述べた時である。

前にも述べた通り、東京の山の手で普通のサラリーマンの家に育った子には、被差別部落の問題など身辺に皆無なのである。藤村の文学がなければ、そんなことがこの世にあるという知識さえない。その意味で、藤村の文学は困ったものである。

いきおい差別の感情が話題になることなどごく稀である。話題になる時は、どうしてそんなことを言っている人がいるんだろう、という話をするだけなのである。

そういう時、父が東京方言で、

「そんなことで人を差別するなんざ、恥だね」

と言ったのである。私はこの時の父の顔が今でも好きである。

都会のよさは、現実の人間の心情にこの六猿の要素が皆無ではないと知りつつも、そんな世間智を恥ずかしげもなく誇る勇気を持ち合わさないことである。

この違いは、意外に大きいものである。

巧者に損をせず生きようとすると、どうしても人間は、自分を抑え、妥協し、迎合して生きるようになる。もっともこの「六猿のおじさん」のような面の皮の厚い人物なら、大丈夫かもしれないが、まともな神経を持った誠実な人なら、どこかで心理的に無理をするようになる。

しかし「義を見てせざるは勇なきなり」の香りがどこかにしている世界では、自分の理想がなかなか自分の弱さのために実現しない、という悲しみはあっても、どこか生き易いところがある。

そんなことを考えていたら、たまたま毎日新聞に、昭和天皇崩御の後、「天皇の戦争責任問題」「天皇制」「元号」などについての投書について記者が書いた文章にぶつかった。その記者によると、京都版の投書は百通を越えたが、「『菊』のタブーに少しでも触れる発言をしようとする人が圧倒的に『匿名希望』だ」というのである。それを見て、この記者は「『いま真の言論の自由はあるのだろうか』という思いに駆られるようになった」というのである。

簡単に私の印象を述べると、これは、決して日本全体の現象ではない。都会なら、かなり何を言っても平気なのである。というよりものを書いて発表するということは、どこであろうと常にそれだけの覚悟がいるということで、何か言われるのが嫌なら沈黙しているほかはない。言いたいという希望は叶えられ、しかしそれに対するいささかの損害も受けるのはいやだ、という点で匿名くらい卑怯なものはない、と私はかねがね思っている。

天皇制反対の意見など、都会ではむしろ「進歩的でかっこのいいこと」と思われている。文筆家の中にも、天皇制に反対することは、悲壮な決意がなければできないようなことを言っている人がいるが、そんなことはない。少なくとも、今のマスコミの社会の中では充分にもてはやされる態度である。もちろん反対だという人から、嫌がらせの電話や手紙くらい来るだろう。しかしそれは、その正反対の意見を持つ人のところにも来るし、ほかのどんなテーマについて意見を述べても来るものなのである。

もっともよく見たら、この記事のタイトルは「天皇ご逝去『京都版』の投書欄」とあった。京都の特殊性だというなら、これは、余所者《よそもの》が口を差し挟むことではない。

ただ私の感覚では、どこの土地でも、その土地の人々は、ごく自然に自分の美学を持っている。だから京都の人は東京の人よりむしろずっと保守的で人目を恐れるのだが、そうなることについても必然はあるのだと理解することも忘れるべきではないだろう。

しかし都会では、たかが天皇制反対の投書くらい、何のこともない。だから自由に投書したければ、都会に来れば何ということはない。

都会で物議をかもす投書と言ったら、「ナチの再興を望む」とか、「希望すればいつでも毒薬をくれる安楽死協会の設立を」とか、「放火を楽しむ友の会を結成しよう」とか、「幼児殺害の心理を理解する会の開催を」とか、それくらい過激なものであろうか。

そんな記事でももし紙面に出れば、普段たいていのことにだらんとした反応しか示さない低血圧の私でも、少しは血圧が上がり気味になるかもしれないと思うが、その他のことなら「元号反対」でも「君が代反対」でも「今すぐ天皇は退位せよ」でも、それはそれで一つの意見というだけである。そういう考えの人は都会では周りにいくらでもいるから、匿名にしてくれ、ともったいぶるほどの意見ではないのである。

§

都会では、いつ寝て、いつ起きてもいい。職業としてさまざまな人がいるからである。例えば、運転手さんという職業は、あけの日には朝帰って来る。編集者などという職業の人もしばしば夜半過ぎに家に帰り着く。クラブとかバーとか呼ばれる所で働いている美人たちは夕方きれいな姿で出ていく。

人間は本来環境が許せば、いつ寝て、いつ起きてもいいのである。それに伴って、生活に必要な設備も二十四時間可能なような方向に向かうはずである。

私は一月に三度、音楽会に行くが、終わるのはたいてい九時頃である。ほんとうはそれから食事をしたいのだが、東京は遅い食事に関しては、決して便利なところとは言えない。

ミュンヘンとウィーンにオペラを聴きに行ったことがあった。ミュンヘンではワーグナーの「ニーベルングの指環《ゆびわ》」を聴くのが目的だったのである。

これは四晩がかりで聴くのだが、ドイツ人たちはその為には、朝から充分に体力を蓄えて行くのだという。朝寝をするか昼寝をして、充分に疲れを取ってから、男も女も盛装をしてでかける。オペラを聴きに行く日だってぎりぎりまで会社で働いて、それから埃っぽい服装のまま、慌てて会場に駆けつけるのとは大きな違いである。

「ニーベルングの指環」は、夕方、四時頃に始まって十時くらいまでかかるが、その間に一時間ずつの休みが二度あって、シャンパンとカナッペとか、苺にソースをかけたものとかを劇場の中で食べる人もいるし、外へビールを飲みに行く人もいる。終わって十時半くらいから、ゆっくりと食事に行く人も多いのである。

都会には夜の過ごし方がいろいろとある。私は通ではないから、九時半くらいから、楽に車を止めてゆっくり食事のできるところをまだたくさん開発しているとは言えないけれど、それでもけっこう美味しいところがいくつもある。もっと増えればいいというのが私の希望である。

私自身は、十代の頃から典型的な朝型人間であった。夜は早くから寝てしまい、朝は五時台に起きることも多い。だから、ごく普通の「営業時間」に店を開けているところがあればいいのだが、人々の生活のテンポが違うなら、銀行もデパートも美容院も、すべて終夜営業のところができてもいいのだし、将来はそちらの方向に向いていくのではないかと思う。銀行や郵便局が土、日休みにするというのは、本来、文化の形としては逆行している。ただそこに勤める人が、週休二日を取れるようにすればいいのである。

「働きたいだけ働き、取りたいだけ取る」というマルクスの論理は社会主義においては敗北してしまった。しかし「望む時に望むことができる範囲を拡大する」という資本主義の希望はまだ叶えられる余地を残している。そしてそれは都市においてのみ、もしかすると可能なのである。

その基本には、前にも書いたように他人の行動を簡単には道徳的に解釈しない、という姿勢が徹底されなければならない。しかしそのような便利が可能になるかも知れない最大の条件は、都会には人がたくさん住んでいるということなのである。

今東京に人口が集中しているのは困るので、それを分散しなければならない、という案があるようである。確かに、私のように何の責任もない者だから、都市に人間が集中する時に初めてエネルギーが生まれるなどと気楽なことを言っていられる。

しかし水道、下水、保安、学校、病院、交通、何一つを取っても、集中すれば問題が起きることは間違いないのである。だから、それら都市の機能を管理運営する方のご苦労は並大抵ではないと思う。

もちろん都会とは言っても、住宅が密集するのではなく、日当たりも風通しもよく、人間が個体の尊厳を保つことができるような都市計画は望ましい。しかしそれでもなお都会のエネルギーというものはどうしても、或る程度の集中化によってこそ可能になることも忘れてはいけないと思う。

その証拠に、都会では、憎み合っている人が共に住める。これは偉大なことである。

これが、人口の少ない村や町であったら、決定的にこじれた人間関係が出来ると、どちらかがそこを出なければ耐えられないような状況になる。そうでなければ、横溝正史《よこみぞせいし》氏原作のテレビ・ドラマに出て来るような、人殺しも起こりかねないような陰惨な抗争を続けて行かねばならないことになってしまう。

しかし都会では会いたくないと思う人には全く会わないで済む。だからと言って行動が不自由になるわけでもない。憎しみはかきたてなければ、次第に忘れて行く。こういう都会だけに可能な、優しくて垢抜けした控え目な自浄作用が私は大好きである。

§

都会ではまたさまざまな国の料理が食べられる。

決して喜ぶべきことではないけれど、今、世界中で最もおいしいベトナム料理が食べられるところはパリだと言う人は多い。

ベトナム料理というものは、そもそもフランス料理と中国料理の混血によってできたすばらしい味である。

そのベトナム人が、たくさんベトナムを抜け出してフランスへ移った。もっとはっきり言うと、ああいう動乱の中で国を出られたのは、闇船の運賃を払える中流以上の人々だった、と胸の痛くなるようなことを教えてくれる人もいた。

料理というものは、中流以上が自由な力を持っていない社会では発達しない。社会主義国にもおいしい料理はあるが、それは自由主義社会と違って党の実力者のためだけの料理である。

パリのベトナム料理の繁栄は、一に不幸なベトナム動乱の結果である。しかしその料理を賞味したいという大勢の人がいるからこそ、難民として第二の人生に希望をかけた人々を生かすこともできたのである。

都会の楽しさは、どこの国の料理でも食べられることである。もちろん本国の味そのままというわけにはいかないだろうが、かなり本物に近い程度のものが、大都市なら可能である。

たとえば東京でインド料理を食べている人の顔を見ると、その国を好きになるというのは、このことだなあ、と思うほど自然である。可能性としては、インド人が嫌いで、インド料理だけ好き、という人もいないではないだろうが、たいていの人はその国を好きになると同時にその国の料理を好きになる。その国の料理を食べたがるというのは、つまりその国に対する「愛の証し」の面がないではない。それを可能にしてくれる都会はやはりありがたいのである。

故郷のために歌うのではなく

私はスポーツ全般にあまり熱心ではないのだが、昔、ジャイアンツの私設応援団を取材して、楽しかった記憶がある。

応援団長は読売新聞の販売店のご主人だったが、その熱狂ぶりを聞きながら、私は何度も笑い、あとの気分は爽快であった。たとえば、勝った日にはいていた靴下は臭くなってもはき続ける、といったような話である。

もっともそれは他人だから言えることであって、応援団長は真剣だから、笑うどころではない、苦労の連続でいらしたのかもしれない。

しかし自分の本職以外に、野球といううちこめる「夢」があることは、ほんとうにいいと思った。

「夢」にはいろいろなものがある。故郷の山を歩いているうちに、ヒマラヤに登りたいと思うようになる青年もいるだろう。農業高校で勉強しているうちに、発展途上国に行って農業をしたい、と思う人も出るだろう。

都会が提供する夢の場は、かなり人工的なものである。劇場、球場、動物園、遊園地、いずれも気《き》宇《う》壮大《そうだい》なものとは言いがたい。しかしそれらを、生活の場に持つことはやはり幸せと言わなくてはならない。

もっとも最近では、地方の農村部で、自分で小さな動物園を経営したり、自家や自社の一隅に美術館を開いたりする人も増えて来た。だから、これらが都会独特のものでなくなって来たことは、すばらしいことである。

また地方都市がオーケストラを持ったり、中央の演劇や外国オペラなどの公演を積極的に招いたりする傾向も次第に定着して来た。これも、少し前には考えられなかったことである。

しかし東京という都会の持つ最大の特徴は、皇居があることであろう。この広大な敷地は、東京を東西南北に分断して、交通の障害になっている、という説もあるし、いざという時のグリーン・ベルトとして貴重な存在だという考え方もある。

皇居は、そこにお住まいになる方が天皇ご一家だということで、比べようがない存在になっている。私は決して総ての人に天皇制をありがたいと思うことを強制しているのではない。東京には、実に信じられないくらいさまざまな考え方の人がいるから、天皇さまが大好きという人も、天皇制は民主主義の敵だ、と思っている人がいることも当然である。

反対でも、賛成でもいい。それを考えさせるような桁外れなものの存在というものを、私は大切だ、と言うのである。

各国の大使が、信任状を奉呈《ほうてい》に行く時、二重橋を渡って皇居に入る気分はたまらなくいいのだそうである。昭和天皇のご大喪《たいそう》は、ひたすら寒くて辛かった、というのが各国の弔問客の印象らしかったが、そういう自然の厳しさは後になっていい語り草になるものだし、もっと徹底して、神道のシャーマンとしての純粋性を保った古式床しい葬儀をされた方がよかった、という意見もあるけれど、やはり、あれだけの日本的お葬式は、他のいかなる家でも出すことはできなかった。

誤解を恐れずに言えば——善でも悪でも——振幅が大きい方がいい、と私は思っている面があるので、皇居の存在は、どんなにか、東京という都市に、核としての安定性と複雑性を与えているかしれない、と考えている。

劇場の多さも、私が都会を好きな理由である。

寄席も能も文楽も歌舞伎も、新劇もアングラ演劇もミュージカルも、見たい人々が、それぞれの好みと哲学に合わせて演劇を楽しめるという状況はこの上なく楽しい。あらゆる人の心を包含するということが、豪華な人生というものだし、幸福な生活というものでもあるのだから、それを可能にするために存在している都市の機能は、それだけで住民に生活しやすい場を与えているということになる。

§

今から四半世紀も前に、私たち夫婦は日本から初めて船でアメリカのサン・フランシスコまで行った。

初めて見るアメリカであった。船が岸壁に近づくと――当たり前のことだが――私たちはそこでたくさんのアメリカ人を見た。

夏だったので、その中にはショート・パンツの娘たちもたくさんいた。当時はまだビキニの水着はなかったが、ショート・パンツの胸の部分だって、僅かにブラジャー風の布で覆っているだけである。その頃日本では、まだそんなに肩や太腿を露出する流行は一般的ではなかった。

「あれでよく、ストリップ見に行く客がいると思ったな」

と夫は当時を思って笑う。何もお金払って薄暗い小屋に行かなくても、白昼堂々、金色の産毛のかわいい娘たちの肉体を太陽光線の中で眺められるのだから、アメリカという国は幸福だ、と思ったのだという。

後日談になるが、私たちはロスアンゼルスで或る日ほんとうにアメリカのストリップ酒場に行った。禁酒法時代のしつらえで、入り口のドアについている巨大なおっぱいの乳首のところを押すと、秘密クラブ風の入り口のドアが重々しく開く仕組みになっている。

中は極めて陽気な倒錯バーで、ストリップ・ティーズに出演する人は皆男、酒を運んでいる蝶ネクタイのボーイさんは、皆小柄なかわいいガールなのである。

出演者の中にはほんとうにどこから見ても繊細な女としか見えない男もいる。しかし半数以上はそうではない。太った中年、それももったいぶっている点では、没落した伯爵夫人という感じを出そうとしているおかまもいる。こういう人はまじめくさって豪華なネグリジェを一枚ずつ、しなを作って脱いで行く。

しかし中にはどうしても男としか見えない人もいて、こういう人は三枚目に回るほかはない。女子学生風のチェックのスカートに、ざくざくに編んだカーディガン、縁の太い眼鏡をかけて、膝下までのストッキングを棒のようないかつい脚にはいて、ガラガラ声の寸劇を披露しながら、時々、「あそこに、私の女房がいる!」などと言って客を笑わせている。実際、そこに来ている客には、女連れがけっこう多いのである。倒錯バーも、アメリカではなぜか健全になってしまうところがおかしい。

都会の大きな美点は性の表現の多様性が認められることである。人がたくさんいるから、ごく普通の女たちを眺めているだけでも変化に富んでいる。襟足に色気のある人も、長い髪の艶がきれいな人も、ちょっと痴呆的な表情がたまらない人も、きつい狐目の人も、あらゆるタイプがいる。

しかも服装もさまざまである。露出度が過ぎている人も、着ぶくれている人もいる。

私はその方面に詳しくはないけれど、きっといろいろな秘密のクラブ、特殊な趣味の愛好家の集まりも多いであろう。一時、私の家にまで、スワッピングの月刊雑誌が送られて来ていた。番号をつけて全部写真入りである。これを見て、相手に申し込むシステムらしい。

性は、あまりあからさまである必要はないが、圧迫してはいけないと思う。周囲に迷惑をかけない限度で、自由に楽しむ人がそれぞれの方法で楽しんだらいい。研究一本やりと思われる学者が、実は枕絵のコレクターだったりすることは大いに考えられるところである。

その選択が比較的多岐にわたっており、自由で、しかもそのことを隠すこともあからさまにすることも、どちらも自由で可能なのが都会というものである。

§

都会の通勤電車を快く思っている人はほとんどないに違いない。たとえ一時間半の通勤時間でも、空いた電車に坐《すわ》って行けるなら、往復三時間の読書又は睡眠の時間は、知的生活を続ける上で、恰好の時間かもしれない。しかし立って行くとなると、これは忍耐を強いるだけである。

サラリーマンにとって、呪いの的の通勤電車も、昼には全く面変《おもが》わりする。多くの場合、昼の電車は坐れるし、乗り合わせた人々を眺めることは、私には至上の楽しみと言ってもいいかもしれない。

四十代の後半に、約二年間、やっと歩ける程度にまで視力が衰えていた私は、五十歳直前に手術を受けて、生まれてこのかた持ったことがないような視力を与えられた。眼軸が伸びた遺伝性近視の典型的な特徴を備えた眼から、白内障の手術で濁った水晶体を取り出した結果、私の眼は別に眼内レンズを入れたり、眼鏡をかけたりしなくても、網膜上でちょうど像が結ぶようになり、私は生まれて初めて裸眼でこの世のすべてのことを細部まで眺めるという体験をしたのであった。

目のいい人にとっては当たり前のことである。しかし私には初体験であった。いささか自分に都合がいいように言えば、私は世間について充分に裏も表も見通せる年になって、初めて人生の細部を見るという幸運を与えられたのである。

その時の私にとって、都会の交通機関と、人々の住む家ほど、心を動かすものはなかった。一人の人の顔、一軒の家の見える限りの細部が、私に能弁に語りかけた。こんなことを言うと背負っていると思われそうだが、私はその時、こうして現世に触れている限り、小説の種がないことなどあるわけがない、と思ったものである。

人が多いことは、個人の尊厳を失わせるという見方も真実だと思う。しかし私にとって、私の出会う人は絶対に多い方がいい。

私の見られる人生が多ければ、私は豊かな暮らしをしたことになる。私の尊敬する人の数が多ければ、私はたくさんの快楽を味わったわけである。

都会はその意味でもっとも豪華な土地なのである。人が多いこと。それは、星も、風も、砂も、陽も、水も、ことごとく高貴なまでに輝いているアフリカにあっても、涙のでるほど贅沢な境地なのである。

§

都会に住む者が、故郷がないことを憐れまれることは、間違いだ、と私は思うようになった。

故郷を持たない人間などない。ただ、都会を古里とする者には、今まで人々が抱いていた農・漁村型故郷の観念と、全く違った故郷への讃歌があるのである。「兎追いしかの山、小鮒《こぶな》釣りしかの川」ではない。

いつか一人の歌手が「私は故郷××のために歌います」と言っているのを週刊誌で読んだことがある。それは、愛すべき善意に溢れた心と言葉である。そしてまた多くの人が、同じ故郷の出身だということで、その人に熱い声援を送るのも自然だとは思う。

しかし私がその時爽やかに感じたのは、都会に住む者は、そのようなことを考えなくて済むというすばらしさであった。

誰か東京のために歌います、などという歌手がいるだろうか。それは、東京が愛されるに値しない土地だからではない。東京はほとんど退屈することもない、息を呑むほどすばらしい土地である。しかし誰も、東京のために歌いはしない。

それならば、東京出身者は誰のために歌うのか。

私たちはあらゆる人々の心のために歌うのである。それが男であろうと、女であろうと、肌の色が黒かろうと黄色かろうと白かろうと、東京に住んでいようとニューヨークに住んでいようとカルカッタに住んでいようと、すべて生きている人々の心のために歌うのである。

そしてまたその芸術は、世界に通用するものでなければならない。故郷の人々だけが、懐かしさと共にそれを評価してくれる、というだけのものであってはならない。

私は民謡というものを決して嫌いではないのである。いつか佐渡で正調佐渡おけさというものを聴かせてもらった時には居住《いずま》いを正した。説明も真似もできないけれど、それはまるで宗教的な祭儀の歌を聴かされた時のような感じであった。

しかし同時に私は多くの民謡が、無思想で何より芸術的に退屈なものだ、ということをも否定しようとは思わない。

民謡を愛すること、郷土の芸能を愛することは、つまりは自己承認の操作である。もちろん人間は自分を承認しなければ、生きていけない。自己批判の強い人は、自殺願望が強くなって始末に悪く、時にはほんとうに自殺したりする。むしろ私たちの生理に普通に組み込まれているのは、やや無批判な自己承認の姿勢であって、私たちは自分に甘いという欠点を最大限に有効に利用して楽しく生きるべきだ。少なくとも、一生自殺するというような迷惑だけは人にかけないで終わるべきだ、と私は密かに思っている。

しかしそれでもなお、私は民謡だけが心の糧という姿勢にはとうていついていけない。もちろん音楽の好みには、絶対の判断というものはないのだが、私にとっては民謡にワーグナーの哲学的な世界の代用をさせることは不可能なのである。

故郷のために歌うのではない、どこのどんな偉大な人々のためにも、どん底でうごめいている人々のためにも、同じように、心から謙虚にその人のために歌うことを光栄に思うのが、ほんとうの「歌手」というものであろう。それなのに温かい郷里の存在は、そのような本質をどこかで狂わせ甘くさせる。そのような弊害を受けていない歌手もたくさんいるのだが……。

繁栄日本の、時には軽薄ともいえる経済的発展は、日本中に、同じような外観の故郷を作った。中心の町並も、ビジネス・ホテルも、デパートも、文化会館も、どこも、ほとんど同じ高さの水準を保っている。そのために郷里の特徴がなくなった、と言う人もいるが、アフリカや中近東を見て来た私は、その平等化をやはり明るい変化と信じて疑わない一人である。どの都市でも町でも村でも底辺の条件が保証されたその上で、個性を持たなければならないからだ。

その時、多分人は小さな故郷のためなどではなく、共通の人間の悲しみと喜びのために歌うのである。

本書は一九八九年十一月にＰＨＰ研究所より出版された『都会の幸福』を改訂した新版です。

曽野　綾子（その・あやこ）

作家、日本財団前会長。1931年、東京生まれ。聖心女子大学文学部英文科卒業。ローマ法王庁よりヴァチカン有功十字勲章を受章したのをはじめ、日本芸術院賞恩賜賞ほか多数受賞。著書に、『無名碑』（講談社）『誰のために愛するか』（祥伝社）『神の汚れた手』（文藝春秋）『天上の青』（新潮社）『非常識家族』（徳間書店）『引退しない人生』（海竜社）『夫婦、この不思議な関係』『沖縄戦・渡嘉敷島「集団自決」の真実』『悪と不純の楽しさ』『私の中の聖書』（以上、ワック出版）など多数。

都会の幸福

2008年11月11日　初版発行
2013年11月10日　第2刷

著　者　曽野　綾子

発行者　鈴木　隆一

発行所　ワック株式会社

東京都千代田区五番町4-5　五番町コスモビル　〒102-0076
電話　03-5226-7622
http://web-wac.co.jp/

印刷製本　図書印刷株式会社

ISBN978-4-89831-594-1

好評既刊

女は賢く勁《つよ》くあれ！

金美齢・櫻井よしこ

B-089

日本女性が「自分の人生を自分の力で生き切る」気概に欠けるのは何故なのか。日台を代表する二人が、女性の自立について、夫婦、人生、国家について真摯に語る！

本体価格九三三円

パンダは舐《な》めて子を育てる

中川志郎

B-090

頻発する幼児虐待に親殺し、無差別殺人。人間の〝育児〟は大丈夫か——。元上野動物園園長の著書が、動物の育児を通し、人間が忘れた「子育ての原点」について語る。

本体価格八八六円